치유마법의 잘못된 사용법
~전장을 달리는 회복 요원~
Vol.2
쿠로카타
KUROKATA

【우사토】
【아마코】
등장인물 소개

【카즈키】
【아르크】
【스즈네】
【웰시】
【블루링】

【글래디스】
“루크비스에
잘 오셨어요.
저는 여러분을
환영합니다.”
【하르파】
【페름】
“원망할 거야……
우사토…….”
【로즈】

치유마법의 잘못된 사용법

~전장을 달리는 회복 요원~

Vol.2

저자 쿠로카타

일러스트 KeG

치유마법의 잘못된 사용법
~전장을 달리는 회복 요원~
Vol.2

CONTENTS

구명단 수칙

~훈련 시 마음가짐~

하나, 온정을 베풀어선 안 된다.

하나, 지시받은 것 이상으로 단련한다.

하나, 기절로 끝나는 수준은 훈련이 아니다.

제1화 최광(最狂)?! 흑기사 나타나다!

구명단 단원으로서 뛰어든 전장.

다친 자를 치유마법으로 고치고, 죽을 지경에 처한 자를 구해낸다.

그리고 자신도 죽을지 모른다는 공포를 떨칠 수 없는 전장.

그 안에서 부상자를 안고 뛰어다니며 기사님들을 구하던 나는—.

"우오오오?!"

부상자를 미끼로 우리를 꾀어낸 마족들의 함정에 보기 좋게 걸려서, 양쪽 옆구리에 기절한 기사님 둘을 끼운 채 마법 집중포화에 노출되었다.

"이 녀석은 뭐야?!"

"공격이 안 맞아?! 인간의 움직임이 아니야!"

"설마, 베르그레트 군단장님이 말씀하셨던 괴물이…… 이 녀석?!"

심지어 이 녀석들, 사람을 둘러싸고서 멋대로 말하고 있고!

여기저기서 쏘아지는 화염구, 지면에서 튀어나오는 흙으로 만들어진 창, 쉼 없이 발사되는 물 덩어리.

그것들을 있는 힘을 다해 피함과 동시에 껴안고 있는 두 기사님에게 치유마법을 걸었다.

"돌파한다!"

포위당해 붙잡힐 만큼 어설픈 훈련은 받지 않았어!

사지에 치유마법을 휘감은 나는 마법 공격을 빠져나가, 제일 가까이에서 손바닥을 겨누고 있던 마족의 배에 발차기를 먹여 포위를 무너뜨렸다.

"크허억!"

발차기를 받고 날아간 마족은 몇 미터쯤 굴러가다 눈을 까뒤집고 기절했다.

단순한 발차기로 동료가 기절하자 주위 마족들은 말을 잇지 못하며 공격을 멈췄다.

좋아, 잘 먹혀들었군.

"타앗!"

그대로 도약하여 이쪽을 올려다보는 마족의 어깨를 발판 삼아 포위를 빠져나왔다.

경악하면서도 쫓아오려는 마족을 힐끗 본 나는 그들을 따돌리기 위해 달리기 시작했다.

직선 이동으로는 나를 따라잡을 수 있을 리 없는 마족들의 고함이 점점 멀어졌다.

여전히 정신을 잃은 상태인 두 기사님을 후위에 있는 사람에게 넘겨준 나는 다시 마음을 다잡고 전선으로 달려 나갔다.

"……격렬하네."

어느 정도 익숙해진 피비린내에 얼굴을 찌푸리며 다음 부상자를 찾았다.

시야에 비치는 것은 쓰러지는 기사와 마족.

귀에 들리는 것은 격한 외침과 쇠가 맞부딪치는 소리.

이곳은 지옥이었다.

피로 피를 씻는다는 표현이 이렇게까지 적합한 곳은 여기 말고 없을 것이다.

하지만 나는 그런 곳에서 싸우고 있다.

적을 쓰러뜨리는 기사로서가 아니라, 생명을 구하는 구명단으로서—.

겁먹고 있을 때가 아니야.

"아직, 모두가 싸우고 있어."

스스로를 타이르듯 그렇게 중얼거린 나는 강하게 뜻을 굳히고서 달리는 속도를 높였다.

누구도 눈으로 좇을 수 없을 정도의 빠르기로 기사와 마족 사이를 누비며 달리고 있는데, 검을 든 마족이 땅에 쓰러져 고통스러운 표정을 짓고 있는 기사를 끝장내려 하는 장면이 눈에 들어왔다.

기사의 다리에서는 엄청나게 피가 흐르고 있어서 도저히 도망칠 수 없을 듯했다.

"죽이게 둘까 보냐……!"

크게 숨을 들이쉰 나는 눈앞에서 위기에 처한 생명을 구하기 위해 다시금 강하고 깊게 지면을 밟아 앞으로 튀어 나갔다.

***

링글 왕국과 마왕군의 싸움.

그것은 평화로운 세계에서 소환된 우리에게 괴롭고 고통스러운 것이었다.

피비린내, 적을 벤 감촉……. 글로는 전부 표현하기 힘든 혐오감을 느끼며, 용사인 나와 카즈키 군은 적의 시체를 넘어 앞으로 나아갔다.

상황은 마왕군이 약간 우세했다.

하지만 우리가 이대로 적의 본진까지 돌진하여 사령관을 쓰러뜨린다면 링글 왕국의 승리라는 형태로 싸움의 막을 내릴 수 있다.

그러기 위해서는 끊임없이 앞을 가로막는 마족들을 해치워야 하지만…….

"선배!"

"읏!"

카즈키 군의 목소리를 듣고 등 뒤에서 창을 든 채 소리 없이 다가온 마족의 존재를 눈치챘다.

뒤에서 내질러진 창을 몸을 틀어 피함과 동시에 허공을 가른 창끝을 검으로 베어 버렸다.

허를 찬 마족을 향해 손바닥을 들고 전격을 쏘았다.

"하앗!"

목소리와 함께 뿜어져 나간 전격은 눈앞의 마족을 꿰뚫고 그 뒤에 있는 적까지 공격했다.

……방심은 곧 죽음을 의미했다.

내가 아무리 강력한 전격을 다룰 줄 알아도, 용사여도, 그것은 관계없었다.

"용사님, 주위에 있던 적은 대강 토벌되었습니다."

나와 카즈키 군을 따라와 준 기사들의 부대장이 상황을 보고했다.

"다친 사람들은 후방으로 보내 줘. 우리는 앞으로 가겠어."

"알겠습니다!"

지시 내리러 가는 부대장의 등을 바라보다가 문득 주위를 보았다.

주위에는 조금 전까지 우리를 죽이려 했던 마족들이 쓰러져 있었다.

"침략자지만 그들은 살아 있었어……."

목숨을 빼앗는 것에 저항감이 없다고 하면 거짓말이겠지만, 그것을 이유로 동료를 위험에 빠뜨리는 어리석은 행동을 할 생각은 없었다.

나, 아니, 우리는 멈춰 서지 않는다.

그렇게 다짐하고 있는데 칼집에 검을 넣은 카즈키 군이 이쪽으로 걸어왔다.

"이 근처의 적은 전부 쓰러뜨린 모양이에요."

"응. 하지만 적 본진까지는 아직 멀어. 그리고 성가신 마물이 있는 것 같아."

"그러네요."

우리의 목적지가 아닌 다른 곳에서 날뛰고 있다는 커다란 뱀 마물.

그 녀석이 날뛰고 있어서 많은 기사들이 다친 듯했다. 그곳으로 가서 가세하고 싶지만, 우리가 이곳을 이탈하면 링글 왕국의 승리는 멀어지게 된다.

"……선배, 서두르죠! 우리가 해야 할 일을 한 다음에 그 뱀을 해치우러 가요!"

"그러네. 우선은 우리가 해야 할 일을 하자."

그의 말에 동의한 후, 부대장의 지시로 뒤에 늘어선 기사들을 둘러보았다. 처음보다는 인원수가 상당히 줄었다.

하지만 다쳐서 쓰러진 기사들은 구명단이 눈에 보이지도 않는 속도로 운반했고, 나랑 카즈키 군이 되도록 앞으로 나가 싸운 보람이 있었는지 사망자는 나오지 않았다.

"다들, 그럼 전진—."

기사들을 향해 몸을 돌려 지시하려던 그 순간, 말로 표현할 수 없는 오한이 엄습했다.

그와 동시에 철컥, 철컥, 하고 금속이 맞부딪치는 소리가 들렸다.

—찾았다.—

전장에 어울리지 않는 고요한 목소리.

녀석은 너무나도 뜬금없이 나타났다.

마족의 증원군과 함께 온 그 녀석은 새까만 그림자를 연상시키는 칠흑색 갑주를 몸에 두르고 마족들 사이를 누벼 우리 앞에 모습을 나타냈다.

보는 순간 솟아오르는 혐오감.

검은 광택을 띤 투구 틈으로 살짝 엿보이는 두 눈.

자연스럽게 내 손은 칼자루를 쥐었다.

"다들, 움직이지 마."

섣불리 움직이지 않도록 뒤에 있는 기사들에게 지시했다.

스스로도 마음 깊숙한 곳에서 샘솟는 공포를 억누르고자 의식을 단단히 붙잡았다.

"저건…… 뭐죠?"

카즈키 군이 떨리는 목소리로 내게 그렇게 질문했다.

"나도 전혀 짐작이 안 가. 다만 지금까지 상대했던 마족과는 명백하게 달라……."

시선 끝에 서 있는 흑기사는 수상한 광택을 띤 갑주를 생물처럼 꿈틀거리며 말없이 우리를 살피고 있었다.

한시라도 빨리 쓰러뜨리고 싶지만, 내 감이 아까부터 경종을 울리고 있었다.

흑기사를 응시하며 어떻게 공격할지 망설이고 있으니 뒤에 대기 중이던 아군 몇 명이 내 지시를 무시하고 튀어 나갔다.

"무슨……! 기다려!"

"우오오오오오오!"

흑기사가 내뿜는 중압감을 견디지 못한 기사 몇 명과 부대장은 그 눈에 증오를 담고서 흑기사를 향해 달려갔다.

나와 카즈키 군은 튀어 나가려는 나머지 기사들을 황급히 말리면서 흑기사에게 달려간 기사들을 향해 소리쳤다.

"너희도 멈춰!"

아무리 강하게 제지해도 그들은 멈추지 않았다.

그러나 흑기사도, 그 주위에 있는 마왕군 병사들도 움직이지 않았다.

냉정함인지 무관심인지 알 수 없는 그 태도가 나를 불안하게 했다.

"받아라!"

흑기사 앞까지 다가간 기사 한 명이 중후한 검을 내리쳤다.

내리쳐진 공격은 갑옷을 깊숙이 베어 들어갔다. 치명적인 일격이었다.

하지만 흑기사는 여전히 불길하게 갑주를 꿈틀거리며 그 자리에서 움직이지 않았다.

"하아아앗!"

첫 번째 기사를 따라잡은 기사 두 명이 고함과 동시에 예리한 창을 흑기사에게 내질렀고, 그대로 꿰뚫었다.

"네놈은 여기서 쓰러뜨리겠다!"

그리고 마지막으로 부대장이 자기 키만 한 대검의 끝을 흑기사에게 겨누고 찌르기 자세를 취하더니, 거구임에도 엄청난 속도로 달려갔다.

부대장인 그의 실력은 진짜였다. 정신적인 부분에 뭔가 암시 같은 게 걸려 있더라도, 왕국군 기사로서 쌓은 그의 경력과 실력이 진짜라는 사실은 변함없었다.

흡사 중전차 같은 강렬한 찌르기는 두 창이 박힌 흑기사의 복부에 빨려 들어가듯 직격했다.

깊이 들어간 대검을 더욱 밀어 넣은 부대장은 흑기사를 날카롭게 노려보았다.

"네놈이 무슨 마법을 쓸지는 확실하지 않지만, 그걸 쓰기 전에 네놈을 물리치겠다!"

"……흐응."

중성적이면서도 평탄하고 생기 없는 그 목소리는 듣는 자의 마음을 술렁이게 했다.

"겨우 이 정도로 날 죽였다고 생각하다니……. 너도, 거기 있는 녀석들도, 아까 그 잡졸들과 똑같아."

"뭐라……?"

"언제까지 거기 있을 거냐. 방해돼."

순간, 검은색 갑옷이 크게 일그러지더니 흉부를 지키는 부분이 가시 형태로 변화하여 부대장에게 달려들었다.

"읏?!"

부대장은 순간적으로 흑기사를 찌른 검을 놓고 뒤로 물러나 그 공격을 피했다.

"대장님!"

흑기사 주위를 에워싸고 있던 그의 부하들이 비통하게 외쳤으나,

당사자는 아무 일도 없었던 것처럼 허리에 찬 다른 검을 뽑아 부하들에게 명령을 내렸다.

"방심하지 마라! 아직 녀석은 쓰러지지 않았다! 포위하면서 이대로 밀어붙인다!"

""""예!""""

그들의 싸움을 가만히 보고 있을 수 없었는지 카즈키 군이 부대장 곁으로 달려 나갔다.

"선배! 저도 가세할게요!"

"아, 카즈키 군! ……큭, 어쩔 수 없지! 너희도 따라와!"

정말이지, 원래 세계에 있을 때보다 자기 의견을 더 내세울 수 있게 된 건 좋지만 만용과 용기는 다르다고!

나도 뒤에 있던 기사들과 함께 그를 좇았다.

하지만 어떤 의미에서 이건 기회라고도 할 수 있었다. 그렇게나 공격했으니 중상을 입었을 터— 상대에게 회복계 마법사가 붙어 있거나 불사신이 아닌 이상은 살아날 수 있을 리가 없다.

"힘을 가진 인간인지 아닌지 시험해 주지."

흑기사는 그렇게 말한 후 자신에게 박힌 대검과 창을 뽑았다.

그리고 공격을 가한 부대장과 기사들에게는 이제 전혀 관심 없다는 듯 손목을 휙 꺾고 한마디 중얼거렸다.

"반전."

그 순간, 붉은 피가 솟구쳤다.

갑자기 부대장과 그의 부하 세 사람의 몸에서 피가 뿜어져 나왔고, 그들은 끈 떨어진 인형처럼 땅에 털썩 엎어졌다.

"……?!"

공격을 취하는 듯한 동작은 없었다.

마법을 쓴 흔적도 없었다.

순식간에— 눈 깜짝할 사이에 정예군 네 사람이 피바다로 가라앉았다.

"선배…… 방금, 무슨 일이……?"

흑기사가 일으킨 참상을 보고 발이 멈춘 카즈키 군은 손을 덜덜 떨며 내게 물었다.

"모르겠어. 하지만 섣불리 다가가선 안 돼……."

나도 전혀 짐작이 가지 않았다.

어쩌면 눈에 보이지 않는 속도로 허리에 찬 검을 뽑아 부대장 일행을 공격했을지도 모른다. 아니면 바람 계통 마법으로 진공 칼날을 날린 건가?

어쨌든 부주의하게 다가가면 위험했다.

그러나 여기서 우리가 물러나면 다른 기사들이 흑기사의 먹이가 된다.

"아무래도 이 녀석은 우리가 상대할 수밖에 없을 것 같네."

"그러네요."

"설마 이 정도는 아니겠지? 이 정도로 끝인 건 아니겠지?"

흑기사가 중얼거렸다. 상대도 싸울 마음인 모양이었다.

하지만 어떤 의미에서는 좋은 상황이라고도 할 수 있었다. 이 녀석의 눈을 우리에게 붙들어 두면 뒤에 있는 기사들에게 피해가 미칠 일은 없을 것이다.

흑기사에게서 눈을 떼지 않도록 조심하며 기사들에게 말했다.

"너희에게는 저 녀석 주위에 있는 마족들을 부탁해도 될까? 발을 묶어 두는 정도여도 상관없어. 나랑 카즈키 군이 저 녀석을 쓰러뜨릴 때까지 버텨 줘."

"맡겨 주십시오, 용사님. 반드시 그 명령을 수행해 보이겠습니다!"

"후후, 믿음직스럽네."

이걸로 배후 공격을 신경 쓸 필요 없이 집중해서 싸울 수 있게 되었다.

검을 들고 카즈키 군 옆에 나란히 섰다.

마주 선 흑기사는 여전히 우두커니 서 있었다. 자신감의 표현인지, 아니면 전투태세를 취하지 않는 것이 녀석의 전투태세인지…….

"제가 먼저 공격할게요."

"뭐가 있을지 몰라. 카즈키, 녀석에게 마법을 직격시키지 마. 그리고 너희는 카즈키 군이 마법을 쏜 직후에 주위의 마족들에게 가 줘."

"예!"

카즈키 군은 검을 왼손으로 바꿔 들고 오른 손바닥을 흑기사에게 겨눴다.

내 전격이 광범위 공격에 유리하다면 그의 마법은 한 점을 노리는 집중 형태의 공격이다.

카즈키 군은 빛의 마력을 무시무시한 관통력과 정밀함을 겸비한 빛 구슬로 바꿨다.

"아무리 빨라도 빛은 피할 수 없어!"

그리고 외침과 함께 손바닥에 생성한 유리구슬 크기의 빛 구슬을 흑기사를 향해 쏘았다.

피할 수 없는 일격—.

그것이 우두커니 선 흑기사의 왼쪽 어깨에 직격했고, 빛 마력의 정화 작용으로 연기가 피어올랐다.

"흐응, 재밌네. 너희는 잡졸들을 상대해 줘."

하지만 그럼에도 흑기사는 타격받은 모습도 없이 뒤에 있는 마족들에게 명령을 내렸다.

마족의 약점은 빛일 텐데, 이게 대체 어떻게 된 거지?

게다가 아까 부대장 일행이 입혔던 갑옷의 상처도 사라진 상태였다.

"안 되겠어요. 빛의 마법이 듣지 않아요."

"빛…… 보기 드문 마법이야. 상대하는 것도 처음인데…… 재밌네. 반전."

흑기사가 부대장을 쓰러뜨렸을 때와 똑같은 말을 내뱉었다.

반전? 그 말에 무슨 의미가—.

"윽, 아아…… 아아아아아아악!"

그 순간, 카즈키 군이 갑자기 비명을 지르며 왼쪽 어깨를 누른 채 땅에 무릎을 꿇었다.

"왜 그래?!"

"어깨가…… 어깨에 타는 듯한 통증이……!"

"어깨, 라고?"

자세히 보니 카즈키 군의 어깨 부근의 갑옷 틈으로 피가 배어나고 있었다.

무슨 짓을 당한 거지?! 갑옷 틈으로 뭔가를 날렸나?! 아니, 무언가를 박아 넣은 것처럼 보이지는 않았다. 이건—.

"안쪽에 직접……?"

"선배…… 전 괜찮아요."

카즈키 군은 자기 어깨에 회복마법을 걸며 일어났다.

회복마법은 어디까지나 응급 처치였다. 상처를 꿰매는 본격적인 치료가 아니라 그저 소독하고 반창고를 붙인 것이나 마찬가지였다.

시간을 들이면 한없이 완치에 가까운 상태까지 회복시킬 수 있지만—.

"흣!"

그 순간 나와 카즈키 군을 쓸어버리려는 것처럼 휘둘러진 검은색 덩어리를 도신의 평평한 부분으로 막았다.

검은색 덩어리는 흑기사의 가슴에서 뻗어 나온 것이었다. 원래의 갑옷 모습이 아닌 촉수처럼 꿈틀거리며 흑기사에게 돌아간 그것을 보니 말로 표현할 수 없는 혐오감이 느껴졌다.

형태를 바꿔 공격할 수도 있는 건가. 아까 그 공격도 수수께끼인 채 판명되지 않았는데…… 성가시네.

"하, 유감이야."

"뭐가 유감이라는 거야?"

"크크크, 글쎄, 뭘까."

성가신 것 이전에 뭔가 꺼림칙했다.

마치 이 세상 것이 아닌 괴물과 싸우고 있는 감각이었다.

***

링글 왕국군과 마왕군의 싸움은 혼전 양상이 되어 갔다.

적군과 아군이 뒤섞인 전장에는 많은 사상자가 누워 있었다.

그 속에서 열심히 부상자를 치료하며 돌아다니던 나는 단복 소매로 이마에 맺힌 땀을 닦으며 전장에서 행동한다는 중압감을 견디고 있었다.

"되도록 무리하지는 마세요."

치료를 끝낸 기사님에게 말을 건넨 후 다음 부상자를 찾았다.

주위에 감도는 시체 냄새 때문에 위 속 내용물이 올라올 것 같았지만 필사적으로 삼키고 그저 열심히 앞으로 나아갔다.

"……알고 있었잖아."

전장에 『죽음』이 있다는 것 정도는—.

어쩌면 나도 숨이 끊어진 채 지면을 나뒹굴게 될지도 모른다.

하지만 여기서 물러날 수는 없었다.

나는 구명단의 치유마법사— 싸우고 있는 사람들을 구한다는 사명을 짊어지고 있다.

그리고 약속했는걸. 반드시 이 나라를, 우리가 돌아갈 장소와 친구를 지키겠다고.

그러니까—.

"읏! 윽, 아아악!"

순간 갑작스럽게 격통이 머리를 덮쳤다. 그와 동시에 이누카미 선배와 카즈키가 살해당하는 광경이 스톱 모션처럼 보였다.

즉각 치유마법을 발동했지만 통증은 가라앉지 않았고, 눈앞의 광경도 사라지지 않았다.

"젠장……! 뭐지?"

"전쟁터에서 멈춰 서다니!"

신음하며 서 있는 나를 보고 기회를 포착했는지 한 마족이 나를 향해 도끼를 횡으로 휘둘렀다.

"읏?! 이럴 때!"

순간적으로 옆으로 굴러 피했으나 휘둘러진 도끼는 오른팔을 도려내듯 갈랐다.

"크……!"

상처 자체는 대단하지 않았지만 두통은 멎지 않았다.

이건 뭐야? 설마 이누카미 선배와 카즈키에게 뭔가 위험이 다가오고 있는 건가?

"읏……!"

나는 적병을 무시하고 달리기 시작했다.

그러나 시야가 불안정한 탓인지 땅에 나뒹굴던 적의 시체에 발이 걸려 넘어지고 말았다.

"죽어라!"

나를 내려다본 마족이 다시 도끼를 휘둘렀다.

즉사할 수준의 공격을 받는다면 치유마법으로도 고칠 수 없었다. 그렇게 되면 카즈키와 이누카미 선배를 구할 수도 없게 된다.

절단될 각오로 양팔로 머리를 지키며 충격에 대비했다.

"그에게, 손댈 순 없을 거다!"

"크억?!"

그때, 도끼를 내리찍으려던 마족이 갑자기 옆으로 날아가 땅을 굴렀다.

팔을 내리고 앞을 보니 조금 전까지 마족이 있던 곳에 검을 든 기사님이 있었다.

"괜찮으십니까?!"

"예? 아, 당신은 조금 전에……."

그는 내가 아까 구한 사람이었다. 설마 내가 구했던 사람이, 이번에는 날 위험에서 구해 줄 줄은 몰랐다.

그가 없었다면 죽었을지도 모른다.

무심코 안도의 숨을 내쉬었지만 이내 잠잠해지고 있는 두통을 떠올렸다.

"마, 맞다! 이누……가 아니라, 두 용사가 어디 있는지 아세요?!"

"용사님? 전선 중앙에 계실 텐데요—."

"감사합니다!"

"아, 조심하십시오!"

"기사님도요!"

여기서 그렇게 멀지 않았다.

나는 기사님에게 감사 인사를 하고 달려 나갔다.

조금 전 두통이 전조라면 당장 가야 했다.

"무사히 있어 줘……!"

***

"자, 덤벼. 설마 겁먹은 건 아니겠지?"

도발하는 흑기사.

섣불리 공격할 수 없는 상황이라 나는 이를 갈았다.

"……선배."

"진정해, 카즈키 군. 조심성 없이 공격해 봤자 좋을 게 없어."

흑기사는 카즈키 군의 갑옷이나 의복을 건드리지 않고 어깨를 공격했다. 그리고 흑기사를 공격했던 부대장과 부하 세 명도 마찬가지로 의복 안쪽에서 피가 뿜어져 나오며 쓰러졌다.

흑기사를 경계하며 다친 기사들의 상처를 확인했다.

한 명은 검으로 베인 듯한 상처, 두 명은 자상, 부대장의 상처는 검으로 찔린 듯한…….

"그리고 카즈키 군의 상처……."

공통점이 보이기 시작했어.

다들 한결같이 흑기사에게 가한 공격을 되받은 것처럼 부상당했다.

아까 녀석이 갑옷을 변형해 공격한 후 말했던 『유감』이라는 말…….

즉—.

"……그 까만 갑주에 새겨진 상처는 전부 되받게 돼."

"호오, 똑똑하군. 이렇게 빨리 눈치챈 녀석은 지금껏 없었어."

능력을 간파당해도 아직 자신이 우세함을 의심하지 않는 건가.

확실히 그렇겠지. 능력을 알아냈어도 그것을 공략할 방법을 모르니까.

아마 타격도 상처로 인식될 테고, 검으로 베는 건 논외— 공격이 전부 자신에게 되돌아온다.

우리가 취할 수 있는 수단은 이 녀석과의 전투를 피하는 것뿐이다.

"도망가게 두진 않을 거야. 다른 녀석들은 몰라도 너희는 인간치고 강하니까. 더욱 발버둥 치고, 발버둥 치고, 발버둥 치고, 발버둥 친 다음에 죽어 줘."

"……싸울 수밖에 없어. 어차피 기사들은 이 녀석의 상대가 안 돼."

"하지만 선배 말대로 저 녀석이 무슨 공격이든 똑같이 되돌려 준다면 우린 어떤 공격도 할 수 없는 거 아닌가요……."

"……카즈키 군, 조금 위험할지도 모르지만 시도해 보고 싶은 게 있어."

나는 녀석에게 들리지 않도록 카즈키 군에게 귓속말을 했다.

반전이라는 말을 두고 가정한다면, 녀석은 일정 조건을 만족해야만 공격을 반사할 수 있을지도 모른다. 그렇다면 일단은 공격할 수 있는 가능성부터 시도하자.

흑기사에게 주는 상처는 깊지 않게, 치명상을 피한다. 그러면서 녀석의 약점을 찾는 것이다.

카즈키 군에게 작전을 전달하고, 뒤에서 대기 중인 기사들에게 주위를 지원하라고 명령했다.

"선배, 너무 위험하지 않나요……."

카즈키 군이 떨떠름한 표정을 지었지만 나는 그런 그를 향해 웃었다.

"혹시 다치더라도 우사토 군한테 고쳐 달라고 하면 되지."

"하아, 선배의 무모함은 원래 세계에서 이미 익숙해졌어요……."

나는 너스레를 떨며 가느다란 검을 들었다.

이 작전의 메인은 카즈키 군이다. 나는 철저히 서포트에 전념해야 했다.

"따라와, 카즈키 군……."

내가 먼저 흑기사에게 달려들었고, 뒤에서 그가 따라왔다.

"크큭, 능력을 알면서도 오는구나."

"물러설 수는 없거든!"

흑기사는 자신의 갑옷을 변형하여 이쪽을 꿰뚫어 버리겠다는 듯이 촉수 같은 것을 뻗어 왔다.

선불리 반격하면 그 공격을 되받기에 몸을 낮춰 촉수를 피했다. 그와 동시에 번개 마력을 손바닥에 구체 형상으로 만들어 흑기사의 발밑을 노리고 던졌다.

"이거라면 효과가 있겠지?"

섬광과 함께 분진이 날아올랐다. 이걸로 녀석의 시야를 차단했다.

이다음에는 카즈키 군과 내가 계획대로 연막에 숨어 기습을 가한다. 그 결과, 공격이 통한다면 『시야에 잡히지 않은 공격』은 유효하다는 것이 된다.

"—!"

목소리를 죽이고서 어깨 부분을 베고, 몸을 돌리며 등을 대각선으로 얕게 갈랐다.

순간, 어깨에 열이 나더니 의복 안쪽에서 따뜻한 것이 번졌다.

"큭, 안 되나……!"

카즈키 군도 뺨에 피 흘리고 있는 것을 보면 실패한 모양이었다.

"크하! 하하하하하하하하하하하!"

"카즈키 군!"

"네!"

흑기사는 그런 우리를 크게 비웃었다.

도망칠 수도 없는데 반격까지 불가능한 상황은 절망적이었다.

무슨 상처를 입든 고쳐 버리는 우사토 군이라면 상관하지 않고 나아가겠지만, 아픔에 익숙하지 않은 나는 발이 멈춰 버렸다.

"나도, 평범한 인간이라는 건가."

평화로운 세계에서 온 내가 이 정도로 다칠 일은 별로 없었다.

솔직히 어깨가 너무 아파서 눈물이 날 것 같았다.

"……어깨?"

아까 나는 녀석의 어깨와 등을 벴다. 그렇다면 등도 아파야 할 텐데 공격이 되돌아오지 않았다.

시야가 한정된 상황에서 가한 동시 공격— 첫 번째 공격은 내가 먼저 들어갔고, 두 번째 공격은 카즈키 군과 거의 동시에 이루어졌다. 하지만 카즈키 군에게는 분명하게 공격이 되돌아갔다.

"설마…… 카즈키 군! 한 번 더 공격해 줘!"

"네?! ……알겠어요!"

다리에서 번개를 내뿜으며 몸을 굽힌 나를 보고, 카즈키 군은 다시 앞으로 몸을 돌렸다. 내가 뭘 하려는지 모를 텐데 따라 주는 것이 한없이 믿음직스러웠다.

아마도 기회는 한 번뿐— 카즈키 군, 부탁해.

"동료는 무서워서 못 오는 건가?"

"닥쳐!"

카즈키 군을 노리고 날아오는 까만 덩어리 공격을 그는 검의 평평한 면으로 받아넘겼다.

"크큭!"

"윽—!"

이번에는 해머처럼 생긴 까만 덩어리를 검으로 받아 냈다. 묵직한 일격에 카즈키 군이 신음했지만 그래도 발을 멈추지 않고 흑기사에게 다가갔다.

아직, 아직이야. 좀 더 유인한 다음에—.

나는 오른손에 든 검을 세게 움켜쥐고 상상했다.

누구보다도 빠르게 움직이는 나.

누구의 눈에도 잡히지 않는 압도적인 속도.

다리에 모인 번개는 더욱 강하게 번쩍이며 지면에 자전(紫電)을 흩뿌렸다.

뒤에 있는 나를 힐끗 본 카즈키 군은 내가 하려는 일을 알아차렸는지 방어에 사용하던 검을 칼집에 넣었다.

흑기사는 카즈키 군의 갑작스러운 기행에 머리를 갸우뚱했으나, 카즈키 군은 상관하지 않고 양손에 빛을 모아 짝 마주쳤다.

"시각 마비라면!"

"읏?!"

강렬한 섬광이 주위를 밝게 비추었다.

카즈키 군의 계획대로 흑기사는 팔로 눈을 가렸다.

"지금이다……!"

흑기사의 시야가 막히고 내게 주의를 기울이지 않는 지금이 기회다!

다리에 모은 마력을 단숨에 해방하여 튀어 나갔다. 번개 계통 마법으로 활성화된 신체 능력을 이용해 전방에 있는 카즈키 군을 추월하고 흑기사에게 육박했다.

하지만 앞에서 가하는 공격은 안 된다. 시각이 마비된 상태여도 흑기사의 힘은 변함없고, 무엇보다 카즈키 군이 미끼가 된 의미가 없었다.

그대로 발로 브레이크를 걸어서 흑기사의 등 뒤로 돌아들었다.

"하하! 시각 마비라니 상당히 고전적인 짓을 하는데!"

상대는 내가 등 뒤로 왔다는 것을 눈치채지 못하고 있었다.

나는 세게 움켜쥔 검을 들고 흑기사의 등에 힘껏 찔렀다.

확실하게 찌른 느낌과 함께 흑기사의 웃음이 사라졌다.

"뭐, 야……?!"

"피해가 되돌아오지 않아! 이게, 정답인가……?"

『의식하지 못한』 공격.

내가 흑기사를 벴을 때, 등에 가한 공격만 돌아오지 않은 것을 보고 흑기사가 인식하지 못한 상처는 되돌아오지 않는다고 예상했다.

그래서 흑기사의 시각을 마비시킨 상태로 등 뒤로 돌아들어 불시의 일격을 가한 것이다.

위험한 도박이었지만 내 몸에는 아직 상처가 되돌아오지 않았다.

"성공, 인가?"

내가 태연한 얼굴로 흑기사에게 검을 찌르자 카즈키 군은 얼굴이 새파래졌지만 그것도 잠시, 곧장 흑기사의 이변을 알아차렸다.

"……쿨럭!"

등을 꿰뚫린 흑기사가 투구의 입에 해당하는 부분으로 새까만 진흙 같은 것을 토했다.

"효과가 있어?!"

"카즈키 군! 지금이라면 네 공격도 통할 거야!"

갑옷 틈으로 까만 액체를 흘리는 것을 확인하고 공격이 통한다고 확신한 나는 가슴까지 더욱 깊이 검을 찌르며 카즈키 군에게 소리쳤다.

"우오오오오오오!"

"젠장, 내가…… 이런…… 곳에서……."

이 녀석만 쓰러뜨리면 전력을 대폭으로 깎을 수 있는 데다가 상대의 사기도 내려가리라. 전황을 단숨에 호전시킬 수 있다.

검을 든 카즈키 군은 확실하게 흑기사를 끝내기 위해 힘껏 검을—.

"막 이래~."

그 순간, 장난스러운 목소리가 들리고 가슴 부분에서 강렬한 아픔이 일었다.

"어……?"

갑옷 틈으로 천천히 피가 번지며 입에서 피가 흘러나왔다.

그 자리에 서 있을 수 없어서 흑기사에게 찌른 검을 놓치고 무릎을 꿇고 말았다.

내게 무슨 일이 벌어졌는지 이해하지 못하고 있는데 뺨에 붉은 액체가 튀었다.

"엇, 카즈키, 군……."

올려다보니 카즈키 군이 흑기사의 검에 꿰뚫려 있었다.

검을 크게 치켜든 채 무너져 내리는 그를 보고 흑기사는 섬뜩하게 웃었다.

"어, 어째서……."

내 말을 듣고 돌아본 흑기사는 비웃는 어조로 대답했다.

"애초에 공격이 통한다는 인식이 잘못된 거야. 이 갑주는 내 마력— 즉, 이건 나 자신이며, 안쪽에 일절 영향을 주지 않는 최강의 갑주거든. 반격도 자동이 아니라 임의로 하고 있으니까 시야라든가 의식이라든가 그런 건 전혀 관계없어."

그게 뭐야.

터무니없는 괴물이잖아…….

이런 걸 누가 이기겠어.

멈추지 않고 피가 흐르는 가슴을 누르며 지면에 쓰러졌다.

흘러나온 피가 웅덩이를 만들어 뺨을 적셨다. 그와 함께 몸에서 힘이 빠져나가며 의식도 흐릿해졌다.

"우사토…… 군, 미안, 해……."

이상하게도 내 입에서 나온 것은 여기 없는 그를 향한 참회의 말이었다.

***

쓰러지는 두 용사를 내려다보고 주위를 둘러보았다.

용사가 쓰러지자 사기가 내려가는 링글 왕국군의 기사들, 그리고 기세를 더하는 마왕군.

단순해서 좋았다. 하지만 이 정도 싸움에 이긴 걸 가지고 뭘 그리 의기양양해 하는 걸까, 의문스러웠다.

"마왕님도 무슨 생각으로 싸움을 걸고 있는 건지……. 영토를 원한다면 좀 더 괜찮은 방법이 있는데…… 뭐, 내가 신경 쓸 일은 아니지만."

독보적으로 강하다고 느꼈던 두 사람도 내 앞에서는 이 모양이다.

더는 이 싸움에서 가치를 찾을 수 없었다.

언제나 그랬다.

태어났을 때부터 누구도 내게 상처조차 주지 못했다. 마족도 인간도— 그리고 부모조차도.

다들 이렇게 죽어 갔다.

"……끝낼까."

검을 역수로 바꿔 쥐고 여전히 숨이 붙어 있는 여자 용사에게 겨눴다.

그녀는 가슴을 누르고서 고통스러워하며 이쪽을 노려보았지만, 그에 상관하지 않고 빗나가지 않도록 칼끝으로 심장을 겨냥했다.

"즐거웠어. 조금은 말이지."

그대로 검을 내리찍으려는 순간—.

"그렇겐 못 해애애애애!"

어딘가 앳된 구석이 남은 외침이 고막을 진동시켰다.

"으엉?"

내가 듣기에도 얼빠진 목소리를 내며 그 외침이 들린 방향을 본 순간, 느낄 리 없는 충격이 내 뺨을 강타했다.

—아파아아아?!

제2화 작렬! 필생(必生)의 주먹!

쓰러지는 이누카미 선배와 카즈키, 그리고 선배에게 최후의 일격을 가하려 하는 검은 갑주의 기사. 아까 봤던 광경과 똑같은 장면을 맞닥뜨리고 내 머리는 새하얘졌다.

"늦었어……?! 아니, 늦지 않았어!"

흑기사를 후려친 후, 곧장 이누카미 선배와 카즈키 곁으로 다가가 두 사람의 상처에 손을 대고 치유마법을 걸기 시작했다.

이누카미 선배는 등에서 가슴까지 관통되었고, 카즈키는 이누카미 선배와 비슷하게 검 같은 것으로 복부를 꿰뚫린 상태였다.

죽어도 이상하지 않을 중상이었다.

늦기는 했지만 내 입장에서는 늦지 않았다. 즉사가 아니라면 어떤 상처든 치유마법으로 고칠 수 있었다.

"우, 사토 군……. 죽기 직전에, 이런 환각을 보다니…… 아아, 마지막 정도는 나를, 스즈땅이라고……."

"이누카미 선배, 생각보다 여유롭네요. 그럼 카즈키를 먼저 치료할게요."

"자, 잠깐, 기다려. 나도 상당히 위험하니까…… 구멍 뚫렸으니까……."

그런 위험한 상태에서 바보 같은 농담하는 건 당신뿐이야. 평범하게 기막히다고.

하지만 그녀의 말대로 상당히 깊은 상처였다.

그래도 이 정도라면 금방 나을 것이다. 우선은 의식이 없는 카즈키의 상처를 고친 뒤에—.

"우사토, 너…… 뒤쪽!"

"읏!"

반사적으로 두 사람을 껴안고 그 자리에서 뒤로 홱 물러났다.

치유마법을 양팔에 발동시키며 내가 있던 자리를 보니 거칠게 숨을 내쉬는 흑기사가 검을 세게 내리친 광경이 눈에 들어왔다.

정말로 죽을 뻔했음을 깨닫고 등골이 오싹했다.

"위, 위험했다……. 고마워요. 선배."

"아냐아냐, 신경 쓰지 마. 나도 너한테 안겨 있으니까. 럭키지."

"당신 진짜 한결같네……."

떠들 수 있을 정도로는 회복됐는지 여유가 생긴 그녀는 전장임에도 불구하고 실없는 발언을 입에 담았다.

"으, 아아아아아……."

"응?"

흑기사가 검을 내리친 채 짐승처럼 낮게 울었다. 이누카미 선배를 보던 시선을 그쪽으로 옮기자 고개 숙이고 있던 흑기사가 얼굴을 들었다.

"넌 뭐야!"

"투구가……."

아까 내가 친 투구 부분이 부슬부슬 떨어져 흑기사의 얼굴 절반이 보였다.

마족 특유의 갈색 피부와 은색 머리카락, 그리고 아직 얼굴에 어린 티가 남은 소녀였다.

"저 체격으로 여자였던 거야?"

외관상 흑기사는 갑주를 입은 거한으로만 보였다.

무심코 선배 쪽을 보니 그녀는 경악한 표정을 짓고 있었다.

"공격이 통했어……?"

엇, 놀라는 부분이 거기인가요?

공격이 통한 것에 놀라고 있어? 흑기사에게는 특별한 뭔가가 있는 건가?

"죄송한데 저 녀석의 정보를 가르쳐 주세요."

"어? 아…… 그러네. 우사토 군은 모르지……."

제정신으로 돌아온 이누카미 선배는 눈앞에 있는 흑기사의 능력에 관해 설명해 주었다.

듣자 하니 흑기사는 저 갑주에 받은 공격을 상대에게 그대로 돌려주는 터무니없는 마법을 쓰는 것 같았다. 그 마법 앞에서 기사들도, 이누카미 선배도, 카즈키도 꼼짝없이 당했다고 한다.

"그게 뭐예요. 반칙이잖아요……."

흑기사를 경계하며 쓰러진 기사님들을 보았다.

간신히 숨이 붙어 있으니 아직 살릴 수 있었다.

과연 숙련된 기사라고 해야 할까. 정말로 이 세계 사람은 대단해.

"선배, 이제 내려 드릴게요."

"우사토 군?"

대강 치료를 끝낸 두 사람을 땅에 내려놓고 흑기사를 보았다.

보면 볼수록 기괴한 갑주였다. 마력으로 만든 것이라면 아마도 계통은 『어둠』…….

희소하고 특이한 능력을 지녔으며, 다른 계통과는 동떨어진 성능을 발휘하는 전투형 마법……이던가.

로즈에게 받은 책의 지식을 머릿속에서 끄집어내며 선배와 카즈키가 말려들지 않도록 두 사람에게서 떨어졌다.

그러자 흑기사는 빨갛게 부은 자신의 뺨을 누르고서 복잡한 표정을 지었다.

"하, 하하하, 쿨럭, 하하……."

"……우와."

이건 이누카미 선배랑은 또 다른 타입의 위험한 사람이었다.

곰이랑 뱀 다음은 위험한 사람인가. 내 상대가 평범하지 않은 건 당연한 일인 거야?

솔직히 싸우고 싶지는 않았지만, 얼른 끝내지 않으면 기사님들이 죽어 버린다.

몸에 치유마법을 휘감고 한 발자국 앞으로 내디뎠다.

"우사토 군?!"

"제가 저 녀석을 제압할게요. 선배는 그사이에 회복마법으로 기사님들의 목숨을 붙들어 주세요."

공격이 되돌아오더라도 스스로 상처를 고칠 수 있는 내게는 의미가 없었다. 멀리 내던지거나 구속해서 무력화시켜 주겠어.

"그, 그만둬! 아무리 너라도……!"

선배의 목소리를 뒤에 남긴 채 나는 단숨에 흑기사에게 육박했다.

흑기사는 갑옷을 변형시킨 거대한 팔을 횡으로 휘둘렀다.

단조로운 공격. 여기에 상대의 공격을 튕겨 내는 기능이 있겠지. 피해가 되돌아올지도 모르지만, 어차피 웬만한 상처나 통증은 내게 타격을 주지 못한다.

물컹거리는 불쾌한 감촉을 발바닥으로 느끼며 그대로 오른발로 팔을 냅다 걷어찼다.

아픔은…… 없었다. 불발인가?

"뭐야?!"

어째서 공격한 네가 그렇게 놀라는 거야?

그건 그렇고, 통증이 전혀 되돌아오지 않았다.

이상하네. 마력 고갈, 은 아닌 것 같은데…… 지금은 쓰지 않고 있는 걸까. 다시 휘둘러지는 거대한 팔을 주먹으로 받아넘기며 접근을 시도했다.

"흡!"

앞길을 막는 거대한 팔 하나를 돌려차기로 튕겨 냈다.

문어처럼 꿈틀거리는 까만 덩어리를 밟아 뭉개고 더욱 앞으로 튀어 나갔다.

"으랏차!"

팔을 튕겨 낸 기세를 몰아 한 바퀴 빙 돌아서 이번에는 오른 주먹을 흑기사에게 휘둘렀다. 오른쪽은 견제용! 진짜 공격은 왼쪽이다!

"크헉?!"

"어어……."

흑기사는 방어도 하지 않고 그대로 주먹을 맞았다.

그렇게 강한 녀석은 아닌 건가? 다리가 후들거리고 있는데, 정말 약한 걸까?

아니, 어쩌면 이것도 적의 작전일지 모른다. 내 허를 찌르려는 모양이지만 그렇게는 안 될 거다, 이 자식아! 네가 아무리 연약한 모습을 보여도, 이누카미 선배와 카즈키를 쓰러뜨린 녀석이 약할 리가 없다는 건 알고 있다고!

그리고 내 치유마법을 두른 공격은 상대에게 대단한 대미지 따위 입히지 못하니 연기라는 게 훤히 보였다.

흑기사의 멱살 부분을 잡아서 적당한 방향으로 내던지려고 하자 손에서 느껴지던 딱딱한 갑옷 감촉이 사라졌다.

"응?! 우와……."

손을 보니 흐물흐물해진 검은 액체가 흘러내리고 있었다. 이 갑옷 뭐야, 전혀 영문을 모르겠어.

"어이, 쿠!"

정신 차리고 보니 다른 팔이 눈앞에 다가와 있었기에 이누카미 선배가 있는 곳까지 휙 물러났다. 붙잡을 수 없다면 내던지는 건 무리겠네.

그렇다면 움직임을 정지시킬 수밖에 없다.

일단 패서 움직임을 둔하게 만든 다음 포획하겠어.

"이누카미 선배, 뭔가 묶을 만한 거 없을까요?"

"여기에 그런 건…… 근데 왜?"

"녀석을 결박하려고요."

"……."

아, 이건 오해하고 있는 얼굴이다.

"아니에요. 저는 그런 취미 없어요."

"적어도 뭔가 말하게 해 줄래?"

"……그렇군요, 없다면 어쩔 수 없죠."

주먹을 움켜쥐고 치유마법을 두른 나는 흑기사 쪽으로 몸을 돌렸다.

"그럼, 갈까?"

상대에게 들리지 않도록 중얼거림과 동시에 크게 발을 내디뎠다.

내가 코트를 펄럭이며 튀어 나가자 흑기사는 갑옷을 촉수처럼 변형시켜 이쪽으로 보냈다.

"죽어!"

"죽으라고 죽겠냐!"

몸을 기울여 촉수 하나를 피했다. 이어서 달려드는 여러 촉수도 손으로 쳐 내고, 피할 수 있는 것은 회피했다.

생각보다 공격이 빠르지 않았다. 이 정도라면 수를 늘려도 충분히 대응할 수 있겠다.

"크, 흑! 으라아아아아!"

크게 소리친 흑기사가 촉수를 통합하여 아까보다도 거대한 팔을 만들어 냈다. 심지어 그 팔의 표면에는 예리한 가시가 나 있어서 차원이 다른 흉악한 무기로 변해 있었다.

흑기사는 그것을 크게 당기더니 마치 포탄처럼 내질렀다. 흑기사를 향해 달리고 있는 내가 피하기는 어려웠다.

"받아라!"

"피할 수 없어?! 그렇다면—!"

얼굴 앞으로 손바닥을 내밀어 거대한 팔을 받아 냈다.

가시가 손을 찔러 선혈이 뿜어져 나왔다. 이를 악물고 통증을 견디면서도 거대한 팔을 붙잡은 나는 그것을 힘껏 잡아당겼다.

"뭐야?!"

자세가 무너졌으나 그녀는 여전히 나를 노려보며 검을 뽑더니 불안정한 자세로 휘둘렀다.

"위험해?!"

상체를 옆으로 기울여 눈앞으로 다가온 검을 피했다.

목이 날아가면 아무리 나라도 죽는다.

하지만—.

"얌전히 맞겠냐!"

몸을 기울임과 동시에 상대의 품으로 파고들어 무방비한 흑기사의 옆구리에 팔꿈치를 때려 박았다.

피해가 되돌아오더라도 내 행동을 방해하지 않을 만한 가벼운 일격이다. 그다지 타격을 주지는 않겠지만—.

"으윽……!"

"효과가 있잖아?!"

흑기사가 비틀거리며 뒤쪽으로 한 걸음 물러났다.

내 공격에 타격을 입는 이유는 알 수 없었다.

그러나 효과가 있든 없든 간에, 이 녀석을 빨리 어떻게든 처리해야 기사들을 치료하러 갈 수 있다.

"얼른 끝낼까."

나는 치유마법을 주먹에 두른 후 더욱 정신을 가다듬고서 땅을 박찼다.

***

믿을 수 없는 광경이 눈앞에 펼쳐지고 있었다.

치유마법의 빛을 휘감은 우사토 군이 흑기사를 일방적으로 몰아붙이고 있었다.

갑옷을 변형시켜 공격하면 손으로 쳐 내고, 검을 휘두르면 즉각 피했다.

흑기사의 전투 능력은 그다지 높지 않았다. 공격도 눈에 보이는 수준이고, 지금 내가 응급 처치하고 있는 부대장도 쉽게 쓰러뜨릴 수 있을 만한 실력이리라.

하지만 흑기사에게는 갑주에 받은 상처를 상대에게 되돌려 준다는 흉악한 마법이 있었다.

그런데 그런 공격도 방어도 불가능한 불합리하기 그지없는 마법 앞에서 우사토 군은 태연한 얼굴로 흑기사에게 계속 공격을 가하고 있었다.

"이얍!"

"으윽……."

까만 덩어리로 방어하는 흑기사의 수비를 간단히 돌파한 우사토 군은 발차기를 날렸다.

하지만 그런데도 우사토 군에게는 공격이 반사되지 않는 것 같았다.

모르겠다. 흑기사의 갑주 마법은 확실히 발동 중이었다. 하지만 어떻게 된 일인지 우사토 군에게는 기능하지 않았다.

"……아."

그러고 보니 우사토 군은 어째서 치유마법을 발동하고 있는 거지?

피로가 쌓이지 않도록 치유마법을 발동한 상태로 있는 것은 이해가 된다. 하지만 지금 흑기사와 싸우고 있는 우사토 군은 사지에 치유마법을 전개하고 있었다.

저래서야 공격할 때마다 건드리게 되는 흑기사까지 고쳐 버리지 않나?

"설마……."

흑기사의 마법을 공략하는 비밀이 치유마법에 있는 게 아닐까?

흑기사가 조종하는 까만 팔을 맞받아치는 우사토 군을 보니, 그의 손에 막힐 때마다 까만 팔이 형태를 잃고 슬러지처럼 변했다.

게다가 우사토 군은 눈치채지 못한 듯하지만, 그가 흑기사의 갑주를 후려칠 때마다 팔에 두른 치유마법의 빛이 한순간 크게 줄어드는 것처럼 보였다.

이것들을 통해 도출되는 결론은—.

"흑기사가 휘감은 갑주의 약점은, 치유마법……?"

그의 주먹이 무적의 갑주를 돌파한 이유는 아마 흑기사의 갑주가 지닌 특성 때문이지 않을까.

공격을 반사하는 조건은 갑주에 상처가 새겨지는 것. 때리거나 베면 갑주에 반드시 상처가 새겨진다. 그 상처를 흑기사가 인식하기만 하면 그것을 그대로 상대에게 되돌려줄 수 있었다. 나도 직접 체험해서 아는 사실이었다.

어쨌든 성가시기 짝이 없는 무적의 갑주지만, 허점이 있었다.

"그게, 치유마법……."

"이야앗!"

"어, 윽……."

이쪽이 질겁할 만한 형상으로 흑기사의 어깨에 수도를 내려친 우사토 군이 다른 쪽 손으로 흑기사의 복부에 바탕손을 때려 박았다.

치유마법은 생물의 상처를 치유하는 능력. 그러나 치유마법에 눈뜬 자는 무(無)계통 마법을 다룰 수 없어서 공격에도 이용할 수 없다고 들었다.

추측하기에 흑기사의 갑주는 우사토 군의 주먹을 적이라고 인식하지 않고 있었다.

그가 무슨 이유로 치유마법을 두르고서 공격하고 있든 상관없었다. 지금 중요한 것은 흑기사의 갑주에 치유마법이 접촉한 순간, 형태를 유지하던 갑주 표면이 열에 녹아내린 쇠처럼 형태를 잃고 우사토 군의 공격을 받아들이고 있다는 사실이었다.

"치유마법은 상처를 고치는 마법이니까, 상처 입을 시 발동하는 흑기사의 갑주는 치유마법을 휘감은 공격을 반사하지 못해. 입어야 할 상처가 즉각 나아 버리니까……."

그렇게 되면 남는 것은 치유마법을 휘감지 않은 우사토 군의 순수한 주먹이다.

맞으면 단순히 아픈 수준이 아닐 것이다.

"하하, 하……."

터무니없는 이론이었다.

"정말이지 잘못된 사용법이야."

치유마법을 쓸 수 있더라도, 과연 누가 그걸 휘감고서 공격하자고 생각할까?

아니, 애초에 치유마법사가 뛰어다니거나 공격에 나설까?

답은『아니오』다.

"크, 으아아아아아아아아아!"

"우왓?!"

우사토 군의 일방적인 공격에 반쯤 미쳐 버린 흑기사가 검을 높이 치켜들고 거기에 까만 갑옷을 휘감았다.

"네 녀석, 네 녀석, 네 녀석이이이이!"

투구 절반이 사라지며 드러난 흑기사의 눈은 공허하여 제정신으로는 보이지 않았다.

그녀의 우렁찬 외침에 호응하듯 갑주 전체가 강하게 꿈틀거리더니 그녀가 든 검으로 흘러갔다. 까만 갑주에 감싸인 검은 거대한 칼날로 변해 있었다.

흑기사의 손에 들린 그 거대한 칼날을 위험하다고 판단했는지 공격을 가하던 우사토 군이 내 옆까지 물러났다.

"우, 우사토 군?"

"걱정하지 마세요. 바로 끝장내겠어요."

"끝장낸다고?!"

충격적인 발언과 함께 우사토 군은 칼을 휘두르는 흑기사를 노려봤다.

흑기사는 이미 눈에 뵈는 게 없는지 거대한 칼날을 난폭하게 휘두르며 주위를 파괴하고 있었다.

"저 녀석이 무슨 마법을 쓰고 있는지는 알 바 아니에요. 제가 할 일은 변함없어요. 저 녀석이 아무도 상처 입힐 수 없게 한 다음 기사님들을 구할 거예요."

그러니―, 하고 중얼거린 그는 오른손을 주먹 쥐고 마력을 담았다.

처음 봤을 때부터 변함없는, 예쁘고 따뜻한 치유마법의 빛이 뿜어져 나왔다.

그는 그 녹색으로 빛나는 오른손을 당기고서 흑기사를 향해 달려갔다.

"우사토 군!"

무심코 그의 이름을 부르고 말았다.

내가 걱정하든 말든 그는 한 발자국 내디딜 때마다 무시무시한 기세로 가속했다.

오른손에 두른 치유마법의 빛이 혜성처럼 꼬리를 남겼다.

치유마법과 신체 능력, 그것은 이 세계에 온 뒤 그가 쏟은 노력의 집대성이었다.

흑기사가 휘두르는 칼날조차 상회한 그것은 마침내—.

"커헉……?!"

흑기사의 배에 꽂혔다.

너무 과하게 마력을 쏟았는지 그녀의 갑옷 틈으로 살짝 보이는 맨몸에 치유마법의 빛이 깃들었지만, 그 효과도 미미하리라.

어쨌든 완전히 의식을 앗은 것은 분명했다.

흑기사가 무릎을 꿇으며 무너져 내림과 동시에 우사토 군은 그 자리에서 단복을 벗어 흑기사를 단단히 묶었다.

"필살, 아니, 필생(必生)인가? 뭐, 아무튼, 치유 펀치가 먹혀들었네."

"……?"

결박한 흑기사를 둘러메고 나직이 중얼거린 그의 말에 나는 무심코 고개를 갸웃하고 말았다.

흑기사를 결박한 그는 즉각 내 곁으로 달려오더니 지금까지 내가 응급 처치하던 기사들을 치료하기 시작했다.

빨랐다. 내 상처를 고쳤을 때도 생각했지만 평범한 회복마법과는 차원이 달랐다.

순식간에 안색이 좋아지는 기사들을 옆에서 보며, 나는 아까 그의 중얼거림에 관해 질문해 보기로 했다.

“우사토 군, 치유 펀치란 건 뭐야? 절묘하게 내 감각을 자극하는데…….”

“……들렸나요.”

그는 살짝 난감한 표정을 지었다.

귀찮은 사람이 들었다는 그 얼굴은 뭐야?!

“치유마법을 두른 주먹, 그게 다예요. 단장님한테 배운 거지만.”

“로즈 씨한테?”

“예, 상대를 기절시킬 뿐이라면 때리면서 고치면 된다고 단장님이 말했거든요. 저는 겁쟁이라 상대를 상처 입히기는 싫어서요. 딱 좋다는 생각이 들어서…….”

“응? 응응응? 우사토 군, 뭔가 아닌 것 같은데…….”

때려서 상처를 입히지만 결국 치유마법으로 고치니까 괜찮다, 라는 건 아니지? 결국은 때리잖아.

내가 미묘한 표정을 짓고 있음을 알아차렸는지 우사토 군이 고개를 기울였다.

“어? 뭐 이상한 점이라도 있나요? 상처 자체는 낫게 되고, 통증이나 충격 같은 건 통하니까 정확하게 기절시키면 상대를 상처 입히지 않고서 움직이지 못하게 할 수 있는걸요. 이번 싸움에서 격퇴를 위해 몇 번 썼는데 꽤 괜찮은 느낌이네요."

우사토 군, 뭔가 굉장히 물들었어.

내가 말하기는 뭐하지만, 이 세계의 과격한 부분에 물들었어.

"……흠."

하지만 그의 치유 펀치와 흑기사의 갑옷— 그 둘의 상성 덕분에 우리가 구사일생한 것은 분명했다.

"……역시 대단하구나, 우사토 군."

"아뇨, 납득해도 곤란한데요. 그보다 이 녀석은 어쩔까요? 제가 계속 여기 있을 순 없는데……."

어깨에 둘러멘 흑기사를 가리키며 우사토 군은 천천히 일어났다.

"그 녀석은 아마 포로로 취급될 거야."

"……심한 짓을 당하는 건 아니겠죠?"

이미 심한 꼴을 당한 것 같지만…….

뭐, 우사토 군이 하고 싶은 말은 그게 아니겠지.

"로이드 왕은 그런 거 안 좋아할걸? 분명 심문 정도일 거야."

그 자상한 왕이라면 그렇게 심하게 취급하지는 않을 터다.

……그나저나 아까부터 굉장히 신경 쓰이는데—.

"넌 언제까지 흑기사…… 아니, 그녀를 둘러메고 있을 거야?"

딱히 내려놔도 문제없지 않나?

살짝 질투한다? 질투해 버린다?

그런 내 물음에 그는 난처한 표정으로 어깨에 둘러멘 흑기사를 보았다.

"이 단복은 전장에서 표식 같은 거라서요. 기사님들은 이걸 보고 구명단이라고 판단하니까 지금 다른 데 줄 수는 없어서……."

"그렇군, 그럼 구속할 만한 걸 가져오게 할게. 그리고……."

"그리고?"

"고마워, 네가 와 줘서 살았어. 우사토 군이 오지 않았다면 죽었을 거야."

그건 치명상이었다.

무지막지하게 아팠고, 몸에서 피가 빠져나가는 그 감각도 평생 잊지 못할 것이다.

그리고 그때「나는 이런 데서 끝나는 건가」하는 후회가 내 머리를 스쳤었다.

아무것도 남기지 못하고 죽는 건가, 아무것도 이루지 못하고 죽는 건가, 여기서 죽어 버려서 동료까지 죽게 하는 건가.

그리고 무엇보다도— 왕국을, 우리가 돌아갈 곳을 지키자고 너와 했던 약속을 지키지 못한 채 힘이 다하는 것이 분했다.

그런 생각을 머릿속으로 몇 번이나 몇 번이나 몇 번이나 하고 있을 때 네가 나타났다.

정말로 기뻤다.

훈련장에서 말했던 대로 우리를 구하러 와 줬다. 그것이 참을 수 없이 기뻤다.

내 말에 그는 어이없다는 듯이, 그러면서 안도한 듯이 웃어 주었다.

"당연히 와야죠. 이누카미 선배는 소중한 선배고, 카즈키는 제

친구니까요."

"……응."

"그보다 선배, 적이 점점 후퇴하고 있어요. 이 녀석을 붙잡았기 때문일지도 모르지만, 조금만 더 밀어붙이면 이쪽이 유리해지겠어요."

……쑥스러워하는 건 나중으로 미뤄야겠네.

그보다 우사토 군의 말대로 이쪽이 밀어내기 시작했다. 아마 군단장 시구르스라면 승부수를 띄울 것이다.

"스즈네 님! 카즈키 님께서 깨어나셨습니다!"

"……!"

기사의 외침에 우사토 군과 나는 곧장 카즈키 군 곁으로 달려갔다.

옆에 있는 기사에게 사정을 들었는지 카즈키 군은 치료된 복부를 문지르며 우사토 군과 내게 웃어 보였다.

"괜찮아? 카즈키!"

"하하하, 우사토가 해치워 줬나 보구나. 고마워. 정말로 살았어."

"미안해. 내가 무모한 작전을 실행하지 않았다면 그렇게 다칠 일은……."

"사과하지 마세요. 흑기사를 상대로는 어쩔 수 없었어요."

카즈키 군은 몸을 일으키며 칼집에 검을 되돌린 후, 잠을 깨려는 것처럼 뺨을 때려 기합을 넣었다.

"좋아! 선배, 아직 싸움은 계속되고 있어요. 전선에 가세하러 가죠!"

움직여도 괜찮냐고 물어볼 필요는 없겠지. 내 상처도 아프지 않고 완전히 아물어 있었다.

정말로 우사토 군에게는 머리를 들 수 없다니까.

죽을 지경에 처했던 나를 살려 줬다.

……흠.

"우사토 군, 내 목숨은 이제 너의—."

"무슨 바보 같은 소리예요."

스스로 생각하기에도 바보 같은 소리를 하고서 전황을 확인했다.

약간이지만 왕국군이 밀어내고 있었다. 이대로 가면 이 싸움을 승리로 매듭지을 수 있겠지만 그렇게 간단하지는 않을 터…….

"마왕군이 군대를 재정비하기 전에 손을 쓰자. 카즈키 군, 갈 수 있겠어?"

"괜찮아요!"

"전 이 녀석을 다시 구속한 다음에 바로 전선으로 갈게요."

"그럼 우사토랑은 일단 여기서 안녕이네."

우사토 군은 우리와 다른 의미에서 이 싸움에 큰 의미를 지닌 인원이었다.

언제까지 여기에 붙잡아 둘 수도 없었다.

그는 기사에게 부탁했던 밧줄을 받아, 단복 사이로 나와 있던 흑기사의 양손과 양발을 단단히 묶었다.

그, 뭐랄까…….

"……조금, 아니, 굉장히 배덕적이네."

"그런 취미는 없다니까요?!"

마침내 도주할 염려가 없어지자 우사토 군은 구속하는 데 쓰인 단복을 풀었다.

무게가 느껴지는 단복을 탈탈 턴 그는 어디 찢긴 곳은 없나 확인한 후 기운차게 입었다.

"후우~ 이걸로 어떻게든 됐나……."

"우사토 님, 이자는 어떻게 할까요?"

"제가 결정할 일이 아니니 시구르스 군단장님께 맡길 수밖에 없겠죠. 저는 전선 쪽으로 가야 해서, 결정이 내려질 때까지 도망치지 못하게 감시해 주시겠어요?"

"알겠습니다!"

기사 한 명이 힘차게 대답하자 우사토 군은 곤란한 얼굴로 고개를 끄덕였지만, 이내 카즈키 군과 내게 얼굴을 돌리며 표정을 진지하게 바꾸었다.

"선배, 카즈키. 되도록 아까처럼 다치진 마세요. 제 치유마법도 죽은 사람까지 고칠 수 있을 만큼 만능은 아니니까요."

"알겠어. 무리하지는 않을게. 우사토 군도 조심해."

내 말을 듣고 안심했는지 그는 등을 돌리고서 전선을 향해 달려가려고 했다. 나와 카즈키 군은 태세를 정비한 다음에 갈 생각이었다.

"힘내, 우사토 군."

그의 등을 보며 그렇게 작게 중얼거리고 기사 쪽으로 몸을 돌리려 한 순간—.

"잠깐 기다려."

"으엑?!"
순식간에 눈앞에 나타난 아름다운 녹색 머리 여성이 달려가려던 우사토 군의 단복 뒷덜미를 잡고 억지로 멈춰 세웠다.

***

갑자기 나타난 여성.
귀신 같은 눈빛, 압도적인 존재감, 미려한 외모지만 미처 다 숨길 수 없는 흉포한 성질.
그렇다, 이 사람은 최공(最恐) 최악의—.
"이건 어떻게 된 거지? 상황을 설명해, 우사토."
"으어어어어어어, 서, 설명할 테니 놔 주세요, 단장님!"
나의 스승이자 상사인 구명단 단장, 로즈였다.
그녀는 약간 짜증을 내면서 나를 내려놓았다.
"그래서, 무슨 일이 있었던 거야."
"그게, 그러니까……."
주눅 든 채 사건의 전말을 이야기하자 그녀는 팔짱을 끼고서 생각에 잠겼다.
어쩌지…… 무진장 무서워. 내 머리를 날려 버리는 건 아니겠지……? 혹시 이대로 적진에 내던진다거나…….
"용사가 빈사 상태라는 말을 듣고 와 봤더니 네가 전부 끝냈을 줄이야."

"죄송합니다……."

"아니, 사과할 필요 없어. 잘했다."

"……단장님, 이제 어떻게 할까요?"

"그렇군……."

로즈는 뒤에 있는 이누카미 선배 일행을 힐끗 보았다.

아마 다시 전선으로 돌아가겠지만, 일단은 판단을 들어야겠지.

"용사의 부활, 적의 주력 포획, 그리고 상대측의 연계 불화…… 적당한 시기인가."

"네?"

"진지로 돌아간다."

"……네?!"

갑작스러운 철수 선언에 곤혹스러워졌다.

이곳에서 구명단 진지, 즉, 우루루 씨와 올가 씨가 있는 곳까지 돌아간다는 건 이제 전장을 돌아다니지 않아도 된다는 건가?

"이제 여기에 우리는 필요 없어. 전황이 상당히 기울었으니까. 상대가 비장의 수단이라도 꺼내지 않는 한 이제 괜찮겠지. 지금부터는 전장을 달리는 우리가 방해돼."

"그렇기에 후방에서 다시 치료하는 건가요?"

"그래."

그렇다면 납득이다.

로즈와 함께 가자.

후방으로 물러나더라도 내게는 해야 할 일이 있다.

이제 피바다 속에서 달리지 않아도 된다는 안도감이 들었으나, 그 이상으로 아직 싸워야 하는 선배와 카즈키가 걱정되었다.

둘 다 피 때문에 더러워진 모습이지만 안색은 나쁘지 않았다. 확실하게 회복되었다.

그것을 다시금 확인하고 살짝 안심하며 두 사람에게 말했다.

"카즈키, 선배, 저는 먼저 돌아갈게요. 죽으면 안 돼요. 두 사람은 용사니까 마왕군을 확실하게 물리치고 돌아와 주세요."

"알고 있어. 네가 구해 준 목숨, 이번에는 소중히 할게."

"우사토 너도 힘내."

살짝 무거운 선배의 말과 나를 걱정하는 카즈키의 말을 듣고 쓰게 웃은 나는 기사님들에게 두 사람을 부탁하고 로즈와 함께 후위로 달려 나갔다.

"……잘, 살아 있어 줬구나."

"예?"

심상치 않은 속도로 앞서 달리는 로즈가 뭐라고 중얼거린 것 같았지만, 그것은 전장의 소리에 지워져서 알아들을 수 없었다.

＊＊＊

"뭐?! 녀석이 적에게 붙잡혔다고?!"

용사를 요격하러 간 흑기사가 왕국군에게 붙잡혔다는 보고가 마왕군 본진에 날아들었다.

제3군단장 아미라 베르그레트는 의자에서 굴러 떨어졌다.

말도 안 된다고 아미라는 생각했다. 흑기사의 능력은 마왕군 안에서 유명했다. 꺼림칙한 갑주는 압도적인 방어와 카운터 능력를 가지고 있는 데다가 무기로 바꿔 조종할 수도 있었다. 파워에 뛰어난 아미라에게는 상성이 좋지 않아서 뒤로 물러날 수밖에 없는, 성가신 희소 마법의 소유자였다.

"용사인가?!"

"아뇨, 하얀 옷을 입고 있었으니 저번 싸움에서 모습을 나타냈던 구명단이란 집단의 일원이지 않을까 합니다."

"하얀 단복…… 로즈인가?!"

제일 먼저 떠오른 사람은 치유마법사 로즈.

어떤 상처든 단숨에 고쳐 버리는 그녀라면 흑기사를 붙잡는 일도 쉬울 것이다.

하지만 돌아온 답변은 아미라에게 최악의 말이었다.

"병사의 보고에 의하면, 로즈가 아니라 검은 머리 소년이었다고 합니다."

"한 명이 더 있다고……? 젠장!"

악몽이었다.

로즈 한 명만으로도 전위의 왕국 기사단을 전부 회복시켰는데 그것이 또 한 명, 심지어 흑기사를 붙잡을 정도라니?

이래서야 로즈가 한 명 더 있는 것이나 마찬가지 아닌가?!

그리고 압도적인 힘을 자랑했던 흑기사가 붙잡혔다는 소식에 마왕군의 사기는 크게 떨어져 버렸다.

"휴루르크…… 바르지나크를 뒤로 물려. 철수한다."

아미라는 마법진으로 바르지나크를 원격 조작 중인 휴루르크에게 지시를 내렸다.

"……진심이야?"

휴루르크가 의아한 시선을 보냈지만, 아미라는 현재 자신이 취할 수 있는 고통스럽지만 최선인 수단을 강구한 것이었다.

"여기선 내가 나서야겠지만 병사만으로는 본진을 완벽히 지킬 수 없어. 게다가 아직 왕국군단장 시구르스가 나오지 않은 상황이야. 이래서는 쓸데없이 싸우고 있는 거나 마찬가지야."

"……확실히 그렇군. 치유마법이라는 편리한 능력을 쓸 수 있는 마족은 태어나지 않으니까, 손쓸 수 없는 병사는 구할 수 없어."

치유마법사는 인간에게서만 태어났다.

마족과 인간은 종족적으로 각성하는 마법 소질이 달라서 마족 중에 치유마법을 다룰 수 있는 자는 없었다.

어떤 이유로 그렇게 되었는지는 알 수 없으나 정말이지 얄궂은 이야기였다.

"책임은 전부 내가 지겠어. 휴루르크, 네가 만든 뱀은 다음 싸움에 도움이 될 거야. 하지만 지금은 후퇴하는 병사들에게 방해돼. 어서 뒤로 물려."

"알겠어. 네 판단은 틀리지 않았어. 이번에는 인간 측이 너무 강했을 뿐. ……윽?!"

그때, 마법진을 조작하던 휴루르크의 표정이 딱딱하게 굳었다.

"왜 그래?"

"……용사야."

이마를 짚은 휴루르크의 마법진에는 바르지나크의 시야에 잡힌 두 용사의 모습이 비치고 있었다.

***

전방에 대형 뱀 마물이 보였다.

기사들의 공격에도 아랑곳없이 독 연기를 토해 내며 똬리를 튼 그 모습은 우리가 아는 뱀과는 동떨어져 있었다.

하지만 신기하게도 무섭지는 않았다.

"적이 물러나네."

"이제 곧 끝나는 걸까요?"

"그렇다면 좋겠지만……."

나는 전방에서 이쪽을 노려보는 왕뱀을 응시했다.

왕뱀은 커다란 이빨을 내비치며 우리를 위협하듯 포효했다.

"저건 아직 싸울 생각인가 봐."

"이 이상 피해를 낼 수는 없어요, 선배."

"알고 있어. 우리가 저걸 쓰러뜨리는 거야."

나는 검을 뽑고 마법을 전개했다.

손에서 검으로 전격이 내달리며 칼날이 금색으로 번쩍였다.

카즈키 군도 칼날과 손바닥에 빛의 마력을 응축시켜 악을 물리치는 검과 빛 구슬을 생성했다.

"자, 이제 한심한 모습은 보일 수 없어."

"예, 우사토 말대로 이 녀석을 물리치고 이 싸움을 끝내죠."

번개와 빛을 휘감고서 검을 움켜쥔 우리는 달려 나갔다.

상대는 강적. 하지만 지금의 우리에게는 아무런 문제도 되지 않았다.

우리가 돌아오길 기다리고 있을 그를 위해, 그리고 이 세계에서 우리를 따뜻하게 받아들여 준 다정한 사람들을 위해, 나는 다시 검을 휘두르겠어!

***

전위가 싸우고 있는 곳에서 빛이 보였다. 그리고 커다란 뱀의 모습도 함께 보였다.

아마 예전에 숲에서 만났던 뱀과 비슷한 타입의 마물일 것이다.

……하지만 그것과 싸우는 선배와 카즈키를 걱정할 필요는 없었다.

두 사람은 용사였다.

나를 상대로 쩔쩔매서야 그 두 사람은 이길 수 없어.

"우사토! 농땡이 치지 마!"

"시끄러워! 농땡이 치는 거 아니거든?!"

부상자를 데려온 통에게 마주 고함치며, 천막 안에 다 들일 수 없게 된 부상자를 지면에 깐 삼베 위에 눕히고 치유마법을 행사했다.

"으, 아…… 아……."

"괜찮으세요?"

말을 걸면서 어깨를 크게 다친 근육질 기사님의 상처에 손을 올렸다.

안색이 나쁜 것을 보니 뱀에게 공격받아 중독된 듯했다.

해독용 회복마법이 아니라면 고칠 수 없지만 치유마법이라면 그것도 가능했다.

몇십 초 만에 상처를 고친 뒤, 어깨와 옆구리에 손을 대고 온몸에 치유마법을 보냈다.

"……살짝, 피곤해 진 건가."

생각해 보면 줄곧 뛰어다녔다. 사람을 살리기 위해서라고는 하지만 잘도 그렇게 달렸다.

예전 세계의 평범한 내가 본다면 「정말로 나야?」 하고 걱정할 정도로 말이다.

"으, 으으……."

치료받던 기사님이 깨어난 모양이다. 몸속에 퍼진 독소는 꽤 옅어진 것 같고, 아무튼 지금은 다음 사람을 치료하자. 그렇게 생각하고 일어나려 하니 깨어난 기사님이 내게 말을 걸어왔다.

"너, 너는 구명단의…… 그런가, 나는 살아났구나. 고맙다."

"살아 계신 것만으로도 기뻐요. 좀 더 주무세요. 아직 충분히 몸을 움직일 수 있는 상태가 아니니까요."

나는 자리를 일어나 다음으로 고칠 사람을 찾았다.

흘러넘칠 듯이 많은 부상자. 그들을 둘러보고 있으니 왠지 마음이 어수선해졌다. 역시 사람이 상처 입은 모습을 보는 것은 싫었다.

"응?"

전선에서 한층 큰 번개와 빛기둥이 생기며 전장을 비추었다.

빛이 사그라지자 새까맣게 탄 뱀이 힘없이 누워 있는 것이 멀찍이 보였다.

"결판이 난 모양이군."

"……그러게요."

어느새 가까이 다가온 로즈의 중얼거림에 동의했다.

뱀이 당하면서 마왕군을 붙들고 있던 통제력이 사라졌는지 패잔병이 일제히 강이 있는 평원 지대의 경계로 도망쳤다.

"추격은 안 하는 건가요?"

"바보냐. 싸움은 이겼지만 여력을 따지자면 압도적으로 열세야. 쓸데없이 질질 끌어서 괜한 희생 만들지 말고 다음에 대비해야지."

"또, 오는 건가요……."

내 말에 말없이 고개를 끄덕인 로즈는 방금 막 운반된 기사님의 상처에 손바닥을 올렸다.

내가 대신하겠다고 말하려 했지만 제지당했다.

"이번 싸움은 네가 용사를 구했기에 승리할 수 있었다고 해도 과언이 아니야."

"제가 구하지 않았더라도 단장님이 오셨을 테니 어느 쪽이든 두 사람은 살아났을 거예요."

"아니, 용사는 확실하게 죽었을 거야."

몇 초 만에 기사님의 상처를 흔적도 없이 고친 그녀는 앞머리를 쓸어 올리고 이쪽을 보았다.

"네가 구한 거야. 시구르스도 나도 아닌, 네가 말이야. 네가 없었다면 이렇게 빨리 결판나지 않았겠지. 어쩌면 용사가 죽고, 패배하는 건 우리였을지도 몰라."

그렇게 말하고 일어난 그녀는 나와 시선을 마주했다.

"너는 확실하게 구명단으로서 일했어. 잘했다, 우사토."

"……읏!"

이 사람, 평범하게 남을 칭찬할 줄도 아는구나.

하지만 왜일까. 꽤, 아니, 굉장히 기뻤다.

지금까지 겪었던 지옥에 상응할지는 모르겠지만, 노력은 헛되지 않았다는 말을 들은 것 같았다.

이세계로 소환되고—.

로즈에게 끌려가고—.

무섭게 생긴 녀석들의 동료가 되고—.

느닷없이 지옥훈련을 받고—.

숲에 내던져지고—.

곰과 술래잡기하고—.

블루링과 만나고—.

뱀과 싸우다 죽을 뻔하고—.

이누카미 선배와 숲속으로 떠내려가고—.

올가 씨랑 우루루 씨와 만나고—.

그리고, 전쟁이 벌어져서…….

"……어라?"

정신 차리고 보니 내 뺨은 젖어 있었다.

딱히 울고 싶은 것도 아닌데 멋대로 눈물이 났다. 단복 소매로 아무리 닦아도 눈물은 끊임없이 흘러나왔다.

그러자 무언가가 내 머리를 덮었다.

로즈가 내가 입고 있는 흰 단복의 후드를 씌운 것이다.

"뭐야, 의외로 어린애 같군."

"……그야, 아직 열일곱이니까요."

생각해 보면 나는 이 세계에 왔을 때 몹시 불안했던 걸지도 모른다. 상황 전개가 너무 빨라서 그것을 자각하지 못했지만, 로즈의 한마디에 막아 뒀던 둑이 단숨에 터졌다.

"전쟁터, 굉장히 무서웠어요. 적군인 마족도 무서웠어요. 사람이 죽은 모습을 잔뜩 봤고, 정말 힘들었지만……."

하지만 여러『인연』이 생겼다.

이누카미 선배와 카즈키, 임금님과 성 사람들.

구명단의 로즈와 바보들, 우루루 씨와 올가 씨.

이 세계에 와서 잔뜩 생긴 관계가 나는 무척 기뻤다.

원래 세계에서 평범하게 살아오던 내게는 아까울 정도로…….

싸움의 끝을 의미하는 마법이 쏘아 올려짐과 동시에 나는 로즈를 향해 입을 열었다.

"당신과 만나서, 도움이 돼서 다행이에요……."

그 말을 듣고 로즈는 살짝 놀랐는지 눈을 크게 떴다.

그리고 상냥하게 쓴웃음을 지었다.

"너랑 똑같은 말을 나한테 했던 녀석들이 있었어. 이제 녀석들은 내 기억 속에만 존재하지만 너는 지금 여기 있지. ……우사토, 잘 살아서 돌아왔어."

"……네!"

나는 울면서 대답했다.

그러나 한계에 다다랐는지 다리가 휘청거렸다. 발에 힘을 주려고 해도 전혀 힘이 들어가지 않았다. 점점 의식이 흐릿해지며 쓰러지려고 했을 때, 로즈가 내 허리를 잡아 어깨에 둘러멨다.

"어……라?"

"마력과 체력이 다했나……. 잘 버틴 편이야. 지금은 쉬어. 하지만 깨어났을 때가 큰일일 거다."

뭐가 재미있는지 웃음기 어린 로즈의 말에 의문을 품으면서 내 의식은 천천히 가라앉았다.

제3화 새로운 시작!

마왕군과의 전쟁은 일단 승리로 끝났다.

이쪽의 피해도 결코 작지는 않지만 생존자가 많은 것은 순수하게 기뻤다.

우리 구명단이 한 일은 헛되지 않았다는 생각이 들었기 때문이다.

내가 기절한 후에는 꽤 큰일이었던 모양이다. 움직이지 못하는 부상자를 운반하거나, 방치된 무구가 악용되지 않도록 회수하는 등, 이른바 전후 처리를 주로 한 것 같다.

사흘 정도 뻗어 있다가 일어난 내게 제일 먼저 불평하러 온 통이 한 말이니 틀림없었다.

그나저나 구명단 사람들이 무사해서 정말로 다행이었다. 통 같은 근육바보들은 괜찮을지 몰라도 올가 씨나 우루루 씨는 육체적으로 강하지 않으니까.

침상에서 일어난 다음 날, 카즈키와 이누카미 선배가 국민들 앞에서 임금님에게 훈장 같은 것을 받았다.

굉장하다고 생각하며 박수를 치고 있으니 로즈와 내 이름도 불렸다. 왜 내가?! 하고 혼란스러워하면서 허둥지둥 로즈를 바라보자 매우 못된 얼굴로 웃으며 내 등을 쳐 억지로 단상에 올려 보냈다.

단상에 서자 국민, 이라고 할까 기사님들의 엄청난 환성을 받았다.

현대인의 슬픈 습성으로 일단 꾸벅꾸벅 인사하고 있으니 로즈한테 한 대 맞아 울면서, 전쟁에서 활약한 포장(褒章)이라는 것을 임금님께 받았다.

"그러고 보니 무슨 활약인가요?"

그렇게 물어보니, 적 간부를 포획하여 전황 역전에 공헌하고 많은 기사들을 구한 것에 대한 포상인 모양이었다. 「받아 둬. 명예 같은 거야」 하고 로즈가 아무렇지도 않게 말해서 내심 떨었다.

"블루링~ 진짜 큰일이었다고~."

"크앙~."

그 후 여차여차하여 일주일 만에 원래 생활로 돌아오게 된 나는 블루링이 있는 마구간에서 이번 전쟁 중에 일어났던 일을 이야기했다.

블루 그리즐리는 지능이 높은 생물이라 노력하면 사람의 말을 이해할 수 있다고 한다. 그래서 이렇게 상당한 빈도로 말을 걸고 있지만, 정작 블루링은 음머~ 하고 소 같은 울음소리를 내며 하품만 하고 있을 뿐이다. 전혀 내 이야기에 귀를 기울여 주지 않아.

"너도 데려갈 걸 그랬어. 그보다 운동하자. 너, 야생성을 잊어 가고 있기도 하고."

블루링의 머리를 찰싹찰싹 때려 억지로 일으켰다. 항상 등에 업은 채 달리고 있지만 가끔은 블루링도 걷게 해야지. 마침 임금님이 부르셨으니 이 녀석도 데려가자.

이 녀석도 조금씩 커지고 있고, 지방만 늘어나면 그냥 식충이가 되어 버릴 거야.

"가자, 블루링."

"크앙~."

어쩔 수 없다는 듯 일어난 블루링은 내 옆에서 걷기 시작했다. 느릿느릿 걷는 그 모습을 보고 쓰게 웃으면서도 일상의 한때를 음미했다.

블루링과 함께 기분 좋게 걷고 있으니 구명단 숙소 입구 쪽에서 이쪽으로 달려오는 사람이 보였다.

"아, 우사토 군!"

"우루루 씨."

나랑 나이가 비슷한 여성 치유마법사, 우루루 씨가 손을 흔들며 달려왔다.

"몸은 이제 괜찮아?"

"네, 푹 자서 완쾌됐어요."

"다행이다! 우사토 군이랑 로즈 씨가 전선에 나가 있을 때 굉장히 걱정했어……. 아, 블루링도 안녕?"

우루루 씨가 작게 손을 흔들자 블루링은 얼굴을 팩 돌렸다.

우루루 씨는 그런 블루링의 반응에 은근히 대미지를 받으면서도 다시 기운 차린 모습으로 어색하게 웃었다.

"사, 산책?"

"아뇨, 임금님께서 부르셔서요. 그리고…… 이 녀석을 좀 걷게 할까 싶어서요."

"아하하~ 아, 맞다. 혹시 거리 쪽으로 갈 거면 조심해!"

"예? 그게 무슨 뜻……."

"오빠가 기다리고 있으니까 난 슬슬 돌아갈게~!"

……우루루씨는 마치 이 이상의 추궁을 피하듯이 가 버렸다.

거리에서 대체 무슨 일이 벌어지고 있는 거지? 혹시 구하지 못한 사람들 일로 마을 사람들이 화가 났나?

이번 싸움에서 죽은 사람들은 왕국 묘지에 극진하게 매장되었다. 나도 입회했었는데 원망하는 사람도 있을 것 같다. 내 실력이 부족한 탓이라고 해도 부정할 수 없고…….

그때는 달게 원망을 받아들이자.

특별히 아무 일도 없이 성문에 도착했다.

블루링과 함께 성문 근처까지 가니 수로와 성벽에 둘러싸인 커다란 성문 앞에 중후한 갑옷을 입은 기사님 둘과 빨간 머리 수위, 아르크 씨가 있었다.

아르크 씨는 나를 발견하고 웃으며 이쪽으로 달려왔다.

"우사토 님, 몸 상태는 어떠십니까?"

"이제 괜찮아요. 아르크 씨도…… 괜찮아 보이네요."

아르크 씨가 우루루 씨와 올가 씨를 지켜 줬으니 감사 인사를 해야겠지.

"아르크 씨, 저희를 지켜 주셔서 고맙습니다."

"아뇨! 싸움의 열쇠이자 저희에게 소중한 존재인 구명단분들을 지키는 건 당연한 일입니다! 오히려 감사드려야 할 사람은 접니다!"

손을 옆으로 내저은 아르크 씨가 고개를 푹 숙이자 뒤에 있는 기사님들도 투구를 벗고 엄청난 기세로 따라 숙였다. 갑작스러운 행동에 깜짝 놀라고 있으니 아르크 씨가 머리를 숙인 채 말했다.

"우사토 님과 로즈 님 덕분에 저…… 아니, 저희는 살아 돌아올 수 있었습니다!"

"아뇨, 저도 구하지 못한 사람이 많고……."

"그래도, 당신이 없었다면 많은 동료들이 이곳으로 돌아오지 못했을 겁니다!"

"아, 그…… 어…… 일단 고개를 들어 주세요."

익숙하지 않은 감사 인사에 난처함을 느끼면서 고개를 들게 했다.

고맙다는 말을 듣는 것은 물론 기쁘지만 이렇게 정면에서 마음을 부딪쳐 오니 허둥거리게 되었다.

한가하게 하품하는 블루링의 머리를 쓰다듬으며 무난한 말을 찾아 꺼냈다.

"저 혼자서는 절대로 할 수 없는 일이었어요. 전쟁터에서 몇 번이나 마족에게 죽을 뻔했지만 그때마다 기사님들이 위험에서 구해 주셨는걸요. 그러니 피차일반이에요."

내가 그렇게 말하자 아르크 씨는 잠시 멍해지더니 이내 작게 웃고서 머리를 긁적였다.

"그렇군요. 역시 우사토 님은 재밌는 분입니다……. 아! 여기 오셨다는 건 성에 용건이 있으신 거지요? 바로 열겠습니다!"

"그러고 보니 그랬지 참……."

그제야 여기 온 이유가 떠올랐을 때, 기사님들이 성문을 열었다. 그들에게 고맙다고 인사하며 문 너머에 펼쳐진 왕성 부지로 블루링과 함께 발걸음을 옮겼다.

여전히 널찍한 곳이구나.

돌길을 나아가 문지기 기사들이 있는 입구를 지나서 성안으로 들어갔다. 블루링은 밖에 두고 왔다. 의외로 얌전한 녀석이니까 괜찮을 것이다.

그 후 임금님이 계신 곳까지 메이드가 안내해 줬는데, 가면서 중간에 만난 기사들이 아까 아르크 씨가 그랬던 것처럼 감사 인사를 해 왔다.

메이드의 안내를 받아 임금님이 계신 홀로 들어서자 자상한 표정으로 이쪽을 보는 임금님과 세르지오 씨, 그리고 군단장 시구르스 씨가 있었다.

"오오, 우사토인가."

"안녕하세요, 임금님."

"갑자기 불러내서 미안하네."

"아뇨, 괜찮습니다. 그래서…… 오늘은 무슨 일로 저를 부르셨나요?"

"그것이…… 시구르스."

"예."

임금님의 눈짓을 받은 시구르스 씨가 한 걸음 앞으로 나와 이쪽을 보았다.

"우사토 님께서 포획하신 마왕군의 간부를 기억하십니까?"

"예, 예……."

반칙 수준의 마법을 다루던 자, 흑기사.

이누카미 선배와 카즈키를 빈사로 몰아넣었던 괴물.

나중에 들었는데, 내가 흑기사를 쓰러뜨릴 수 있었던 것은 사지에 휘감았던 치유마법이 흑기사의 마법을 상쇄하여 내 공격이 다이렉트로 꽂혔기 때문이라고 한다.

곰곰이 생각해 보면 우루루 씨와 올가 씨는 육체적으로 무리니까, 나나 로즈 말고는 쓰러뜨릴 수 있는 사람이 없었던 건가…….

하지만 그 흑기사 이야기를 왜 나한테 하지?

설마—.

"자결, 해 버린 건가요?"

있을 법한 이야기였다.

링글 왕국은 그러지 않을 거라고 확신하지만, 포로에게 가할 끔찍한 처사가 두려워서 스스로 죽음을 택하는 경우도 있다고 들은 적이 있었다.

어쩌면 그 흑기사도—.

"아닙니다. 놀라울 정도로 간단히 심문에 응했습니다."

"……어라?"

"허탈해하시는 것도 이해합니다. 실제로 입회한 제가 그랬으니까요."

시구르스 씨는 내 반응에 공감하며 이마를 짚었다. 하지만 간단히 심문에 응했다면 왜 날 부른 걸까?

"아무래도 흑기사라고 불리던 자는 마왕군에 그다지 충성심이 없는 것 같습니다. 떨떠름한 모습이기는 했지만 우리에게 유익한 정보를 여러 가지 이야기했습니다."

"하지만 함정이 아닐까요?"

"물론 저희도 전부 신용하지는 않고, 어디까지나 그런 정보가 있다는 인식입니다."

그야 그랬다. 저항하지도 않고 심문에 응한 시점에서 함정을 의심해야 했다.

시구르스 씨의 이야기를 반추해 봐도 내가 불린 이유를 점점 더 알 수 없게 됐다.

"그래서, 왜 절 부르신 건가요?"

"흑기사가 우사토 님과 만나게 해 달라고 고집을 부리고 있습니다."

"……예에?!"

"흑기사와 면회…… 그게 자네를 부른 이유네."

"예?! 하지만 임금님! 저는 붙잡았을 뿐인걸요!"

"붙잡았을 뿐이라고 간단히 말하지만, 우사토가 붙잡은 것은 용사 두 사람을 압도한 괴물, 아마 자네와 로즈 말고 이 왕국에서 흑기사와 싸울 수 있는 자는 없겠지."

"어어……."

임금님의 말을 듣고 혼란스러워졌다.

날 원망하고 있을 흑기사와 왜 만나야만 하는 걸까.

나는 그렇게 넉살이 좋지 않다고…….

"한창 심문하는 도중에 흑기사는 중요한 정보를 우리에게 제공하는 대신 어떤 조건을 제시했습니다. 그것이 우사토 님과 대화 자리를 마련하는 것이었습니다."

"허허허……."

아무래도 싸움은 끝났지만 나는 여전히 소란 속에 있는 모양이다.

"그 중요한 정보라는 건……."

"우사토에게는 말해 둬야겠지."

물론 들어 둬야 했다. 어쨌든 꽤 중요한 역할이니까.

"마왕군 제2, 제3군단장의 마법 계통 및 그 능력이네."

그거 무지 중요한 정보 아닌가요?

***

뚜벅뚜벅— 지하로 내려가는 발소리가 주위에 울렸다.

내 주변에는 시구르스 씨와 링글 왕국의 정예 기사들이 있었다. 여기까지만 보면 믿음직한 사람들에게 보호받고 있다고 생각할 수 있었다.

하지만—.

"안심해, 우사토 군. 방패 정도는 돼 주겠어!"

"못 이긴다는 걸 자각하고 있는 건 좋지만, 너무 소극적인 거 아닌가요……."

왜인지 이누카미 선배가 붙어 있었다.

아니, 물론 걱정해 주는 건 기뻐. 하지만 솔직히 선배가 오면 일이 귀찮아질 것 같다고…….

참고로 카즈키는 세리아 님과 함께 있는 모양이다. 아, 예, 그러시군요. 카즈키라면 리얼충이어도 상관없어. 오래도록 폭발해 주세요.

"현재로서는 대항할 수 있는 사람이 우사토 군과 로즈 씨뿐이니까. 지금의 나는 방패 같은 거지."

"치유마법은 상대를 상처 입히는 게 아니지만 말이죠……."

흑기사와 싸울 때도 되도록 기절시키자고 생각했었고.

……어라? 흑기사의 마법과 내 치유마법은 상쇄됐던 거지?

그럼 흑기사는 치유마법이 사라진 내 주먹을 맞은 것이 된다.

실은 엄청난 중상을 입지 않았을까? 치유마법이 기능하고 있는 줄 알고 신나게 두들겨 팼는데…….

"시구르스 씨! 흑기사를 치료해 줬나요?!"

"아뇨, 흑기사는 줄곧 검은 갑옷을 두르고 있어서…… 왜 그러십니까? 녀석이 다치기라도 한 겁니까? 도저히 그렇게는 보이지 않았습니다만……."

"……우사토 군."

"……위험해."

이누카미 선배도 이해했는지 얼굴이 새파래졌다.

내가 흑기사에게 했던 공격은 전부 그대로 통했다.

자랑은 아니지만, 내 주먹은 바위 정도는 간단히 쪼갤 만한 위력을 지니고 있었다.

나는 이누카미 선배와 동시에 계단을 뛰어 내려갔다.

계단을 내려가니 감시하는 기사님이 있었고, 그 뒤쪽 감옥 안에는 일렁이는 까만 갑옷으로 몸을 감싼 흑기사가 구석에 웅크려 있었다.

"우사토 님, 무슨 일이십니까?!"

"……우사토?"

감시하던 기사님의 목소리에 반응하여 얼굴을 든 흑기사가 쓱 일어나 투구 틈으로 이누카미 선배와 나를 보았다.

공기에 섞인 희미한 피비린내……. 상처를 그대로 방치해 둔 건가?

이유는 알 수 없지만 도와줘야 한다고 생각했다.

"또 만났네, 치유마법사."

"……너 다쳤지?"

"그래, 다쳤어. 하지만 상관없어. 이게 아픔이란 거잖아?"

흑기사는 투구 속에서 불분명한 목소리로 대답했다.

내게는 그 목소리가 왠지 기뻐하는 어린아이의 목소리처럼 들렸다.

이누카미 선배도 그 목소리에 담긴 감정을 알아차렸는지 내 단복 소매를 잡았다.

"우사토 군, 그녀는 무의식적인 초(超) 마조히스트야……. 재밌네. 하지만 나만큼 캐릭터가 강하진 않은 것 같아."

"선배는 좀 조용히 있어 주세요."

그리고 경쟁하려 들지 마.

나는 가볍게 한숨을 쉬고 다시 흑기사에게 얼굴을 돌렸다.

"그래서, 왜 날 부른 거야?"

"내가 여기 들어오게 된 원흉을 한 번 더 보고 싶었거든. 읏—! 이런, 하하하, 왜 이러지? 움직이기 힘드네."

흑기사는 옆구리를 누르고 휘청거렸다.

이건 그거다. 이누카미 선배랑 똑같은 변태다.

"기사님, 열쇠 주세요."

"우사토 님?!"

"잠깐, 우사토 군?!"

구명단인 나보고 부상자를 내버려 두라는 것이 무리한 이야기였다.

내가 그녀에게 준 상처는 내장에까지 영향을 미쳤을지도 몰랐다.

이누카미 선배가 표정을 굳히고 내 팔을 끌어안으며 말리려 했지만 선배의 완력으로는 나를 당해낼 수 없었다.

이누카미 선배의 제지를 뿌리치고서 기사님에게 열쇠를 건네달라고 하려던 차에 뒤늦게 시구르스 씨가 도착했다.

"……대체 이건 어떻게 된 상황이야?"

***

내 눈앞에는 그 치유마법사가 있었다. 여자 용사가 팔을 붙잡고서 말리고 있는 것 같았지만, 그는 엄청난 형상으로 이쪽을 가리키며 몸집 큰 기사에게 뭔가를 호소했다.

어쨌든 나와는 상관없었다. 무시하고 있으니 또다시 내 몸이 이상하게 비틀거렸다.

"……하."

배가 욱신거리는 이 이물감은 뭘까.

마족인 나는 튼튼했고 재생력도 높았다. 심지어 갑주라는 무적의 방어구에 보호받고 있음에도 불구하고 다쳤다.

지금까지 이렇게 다친 적은 없었다. 이것이, 이 자극이『무지 아프다』는 감각일까?

아픔이 느껴지는 부분을 누르며 눈앞의 치유마법사에게 시선을 돌렸다.

치유마법.

인간에게만 발현되는 희소한 마법. 능력은 단순히『고친다』, 그것뿐…….

그가 제3군단장이 이상하리만큼 경계했던 로즈라는 인간의 제자라고, 나를 감시하던 기사들의 대화를 엿들어 알게 되었다.

회복계 마법사 따위, 하고 얕보고 있었지만 보기 좋게 당해 버렸다. 설마 내 어둠의 마법을 정면으로 격파할 줄이야.

이 녀석이다. 이 녀석이 나를 상처 입혔다.

아픔을 주었다.

패배를 선사했다.

나를—.

"들어갈게."

"……!"

철컥하고 감옥 문이 열리며 치유마법사가 들어왔다.

"뭐야, 심문이야?"

"손 내밀어 봐."

"엇, 왜?"

"내밀라고 하잖아!"

"히윽?!"

온후한 표정에서 순식간에 귀신 같은 형상이 된 치유마법사를 보고 무심코 손을 내밀고 말았다.

뭐야, 링글 왕국의 회복 요원은 살기조차 기능으로 익히고 있는 건가?!

호통 듣는 것에 익숙한 나조차 한순간 공포를 느꼈다.

"왜 이 지경이 될 때까지 내버려 둔 거야……. 아니, 내가 그런 거지만……."

내가 내민 손을 다정하게 잡은 치유마법사는 양손에 치유마법의 빛을 밝혔고, 그 빛이 내 손을 감쌌다.

손을 덮고 있는 수갑(手甲)은 치유마법을 이물로 간주하지 않고 그대로 통과시켰다.

"뭐, 뭐 하려는 거야……!"

손이 따뜻한 빛에 감싸이나 싶더니 그것이 팔에서 어깨로, 어깨에서 머리, 가슴, 허리까지 퍼져 갔다.

"고치고 있는 거야."

"필요 없어……!"

손을 뿌리치려고 했지만 상냥하게 감싼 그의 손은 고정된 것처럼 움직이지 않았다.

그리고 다른 한쪽 손은 치유마법사에게 맞은 왼뺨에 닿았다.

"정말이지, 네가 죽으면 뒷끝이 안 좋다고. 남의 죽음에 언제까지고 연연할 생각은 없지만 말이야. 넌 얌전히 치료받아."

"……읏."

투구 안쪽의 뺨에 닿은 손은 믿을 수 없을 정도로 따뜻했다.

지금껏 누구도, 부모조차 만지지 못했던 내게 닿은 그 손에 무심코 자신의 손을 댔다.

"우사토 군!"

감방 밖에서 내 모습을 살피던 용사가 황급히 언성을 높였다.

"괜찮아요. ……아마도."

"아마도?!"

북받치는 감정을 어떻게 표현하면 좋을지 알 수 없었다.

몸을 감싸는 치유마법의 빛, 마족과는 다른 따뜻한 피부, 그 전부가 내게 미지의 것이었고, 속수무책으로 애타게 그리던 것이었다.

"……후우."

뺨에 닿은 손에서 힘이 빠지며 몸을 감싸고 있던 치유마법이 사라져 갔다. 몸의 통증이 불과 몇십 초 만에 거짓말처럼 사라져 버렸다.

하지만 왠지 맞닿은 손을 뗄 수 없었다.

내가 전혀 손을 떼지 않자 치유마법사가 의아한 표정을 지었다.

"저기, 놔 줄래? 조금, 무서우니까……."

"조금만 더……."

"응?"

"조금만 더, 이러고 있어 주면 안 될까?"

뺨에 닿은 손이 젖어 있었다. 아니, 반대편 뺨도 똑같이 젖어 있었다. 영문도 모른 채 투구를 해제하고 젖은 부분을 만졌다.

"하아~, 울면서 부탁하면 거절할 수 없잖아……."

그런가, 나는 눈물을 흘리고 있는 건가.

어렴풋이 흔들리는 시야 속에서 난처한 얼굴로 뺨을 긁적이는 치유마법사를 보고, 이때 나는 처음으로 『사람』을 본 듯한 기분이 들었다.

너 나 할 것 없이 전부 무가치하게 여겨졌던 내 가슴 깊숙한 곳에서 북받치는 따뜻한 감정…….

그것이 『상냥함』이라는 것을 깨닫기까지 그리 오래 걸리지는 않았다. 지금 눈앞에 있는 이 녀석이 적이든 아군이든, 이제 어찌 돼도 좋았다.

그저 이 감정을 놓치고 싶지 않았다. 그 마음 하나로 뺨에 닿은 손을 그저 움켜잡았다.

***

그 후 흑기사, 아니, 은발의 갈색 소녀는 순순히 정보를 말했다.

나랑 이야기하고 만족했는지는 알 수 없지만 임금님의 도움은 된 것 같았다.

지금은 임금님에게 보고를 마치고, 어째선지 따라온 이누카미 선배와 함께 성 밖으로 향하고 있는 중이다.

이 사람 꽤 한가한가? 하고 실례되는 생각을 하고 있으니 앞서 걷던 선배가 옅게 웃으며 이쪽을 돌아보았다.

"정말이지, 적한테까지 플래그를 세우다니. 역시 내가 점찍은 남자야!"

"변함없이 언동이 뜬금없네요."

어딜 어떻게 보면 그게 플래그를 세운 것처럼 보이는 거야…….

상대는 그 흑기사라고?

"저는 제 소임을 다했을 뿐이에요. 그리고 전 연애 플래그를 세울 만한 남자가 아니에요."

"아니, 그건 모르는 거야!"

"어째서죠?"

"여기 한 명, 네가 플래그를 세운 미소녀가 있으니까!"

…….

"근데 좀 심했을지도 모르겠네요. 서로 적이긴 하지만."

"……어, 어라, 무시?"

시답잖은 선배의 말을 무시하며 흑기사를 떠올렸다.

전장에서 그녀의 얼굴을 봤을 때 「앳된 얼굴이네」라고 생각은 했지만, 설마 정말로 나랑 나이가 비슷한 아이였을 줄은 몰랐다.

갑주 안에 있던 자가 소녀임을 알고 시구르스 씨도 눈이 휘둥그레졌었지.

"하지만 치료하기 위해서라고는 해도 여자의 얼굴을 쉽게 만져선 안 돼."

"그치만…… 안면을 후려쳤는걸요. 구체적으로 말하자면 선배와 카즈키가 싸웠던 뱀을 까무러치게 만든 파워로 퍽! 하고 말이죠."

"그, 그건, 역시 불쌍하네……."

적이었으니 어쩔 수 없지만 지금은 포로다. 상대가 심문에 응해 주고 있는 지금, 명확한 적이라고 하기는 어려웠다. 그런 녀석을 다친 상태로 내버려 둬서 죽이는 건 정말로 싫었다.

하지만 이누카미 선배와 카즈키가 칼에 찔린 것을 봤을 때는 정말 분노에 제정신이 아니었다.

"그때 전 진짜 화났었으니까요. 두 사람이 죽은 줄 알고……. 하지만 이렇게 살아 있으니 뭔가 무척 감사하다는 생각이 들어요."

"하하! 기쁜 말을 해 주는구나."

어깨를 툭툭 두드린 선배는 기분 좋게 성 밖을 향해 걷기 시작했다.

그런 선배의 뒤를 따라가는데, 훈련장 부근에서 쿵쿵하는 거친 발소리와 함께 파란색 거구가 이리로 달려들었다.

"크어엉~!"

"……!"

포효와 함께 덤벼든 파란 거구— 블루링을 받아서 땅에 내리고 그대로 함께 걸었다.

어째선지 이누카미 선배가 입을 쩍 벌린 채 이쪽을 보고 있었다.

"뭐 이상한 거라도 있으세요?"

"아니아니아니아니?! 불곰만 한 크기의 블루링을 척 받아 내면 누구든 깜짝 놀란다고?!"

"아~ 익숙해지면 돼요, 익숙해지면. 선배, 거리로 나갈 거죠?"

블루링 때문에 사람들이 놀라는 것은 익숙했기에 별로 신경 쓰지 않았다.

"크앙~."

"왠지 우사토 군이 살짝 멀어진 것 같아……."

뭔가 그 싸움 이후로 굉장히 위화감이 든단 말이지. 어쩐지 가만히 있을 수가 없다. 정신 차리고 보면 팔 굽혀 펴기를 하고 있었다. 그러고 있으면 로즈가 「밤중에 시끄러워!」라고 하면서 발로 뻥 차 버리고. 뭐, 밤중에 근력 운동을 하는 내 잘못이지만.

"그나저나 블루링은 여전히 귀엽구나."

"크아~."

블루링은 쓰다듬으려 내밀어진 선배의 손을 휙 피했다.

어째서 고집스럽게 선배의 손을 거부하는 거야? 내게는 어느 정도 허락하는데……. 나름 신뢰를 얻지 않으면 무리인 건가?

"선배도 밖에 나갈 거면 변장하는 편이 좋을지도 모르겠네요."

"우사토 군도 마찬가지야. 너도 이 나라 사람들…… 아니, 우리의 영웅이니까."

그 말을 듣고 단복 후드를 뒤집어쓰려고 했지만 블루링의 존재가 내 정체를 나타내고 있음을 떠올리고 변장을 포기했다.

"우사토 군도 거리로 나가는 거야?"

"네. 성에 오기 전에 우루루 씨를 만나서, 올가 씨한테도 인사해 둘까 싶어서요."

"너랑 똑같은 치유마법사지?"

"네. 올가 씨는 저랑 달리 몸이 강하지 않지만, 대신 치유마법은 저보다도 굉장해요."

"오호……."

올가 씨도 싸움이 끝난 뒤, 나와 마찬가지로 쓰러졌다고 들었다.

듣자 하니 나보다는 일찍 자리를 털고 일어난 듯하지만 그래도 걱정되었다. 우루루 씨가 있으니 괜찮겠지만 얼굴 정도는 보여 주는 게 좋겠지.

"……응?"

"왜 그래?"

거리로 나가는 입구에 한 금발 소녀가 있었다. 이 세계에는 다양한 머리색을 지닌 사람들이 많으므로 금발이 그렇게 희한하지는 않았다.

하지만 그 소녀를 본 나는 자연스럽게 입꼬리가 올라갔다.

이쪽에 등을 돌리고 있는 소녀의 머리에 삼각형 귀가 솟아 있었으니까.

나는 그대로 달려 나갔다.

"찾았다!"

"우사토 군?!"

땅에 발이 푹 박힐 정도로 힘차게 달려간 나는 수십 미터의 거리를 몇 초 만에 좁혔고, 예상한 것처럼 이쪽을 돌아본 수인 소녀의 옆구리에 손을 넣어 번쩍 들어 올리고서 외쳤다.

"얘기를 들려줘야겠어!"

선배와 카즈키가 죽는 장면을 내게 보여 줬던 수인 소녀는 내 얼굴을 보고 눈을 동그랗게 뜨고서 입을 우물거리다가 맑은 목소리로 입을 열었다.

"살아 있었구나, 치유마법사. 그럼 대가를 지불해 줘야겠어."

"뭐?"

뒤에서 선배와 블루링이 달려오는 소리를 들으며 나는 무표정으로 이쪽을 바라보는 소녀와 눈을 맞췄다.

나와 시선이 마주친 수인 소녀는 살짝 표정을 흐리면서도 목소리를 짜내—.

"엄마를, 살려 줘……."

그렇게 내뱉었다.

***

엄마를 살려 줘.

수인 소녀는 그렇게 내게 호소했다.

그녀는 대가라고 말했다.

그것은 아마 내게 예지를 보여줘서 이누카미 선배와 카즈키를 살린 것에 대한 대가이리라. 확실히 그 예지가 없었다면 두 사람을 구하지 못했을 것이고, 링글 왕국군은 패배했을지도 모른다.

그렇게 이해한 나는 수인 소녀를 데리고 블루링과 이누카미 선배와 함께 구명단 숙소로 이동했다.

여기라면 누군가가 이야기를 엿들을 일은 없었다. 비밀 이야기를 하기에 이 정도로 좋은 장소는 없을 것이다.

블루링을 마구간에 돌려보낸 후, 수인 소녀를 식당 의자에 앉히고 나랑 이누카미 선배도 소녀 앞에 앉았다.

"그럼 얘기를 들려줄래?"

"저기, 우사토 군. 이야기 흐름을 전혀 모르겠는데……. 그보다 이 여우 귀 아가씨는 누구야? 귀엽다~ 쓰다듬어도 돼?"

"……의지할 사람은 당신밖에 없었어."

"나밖에 없었다고?"

"방치, 인가……. 우사토 군은 나를 괴롭히는 게 즐겁지? 좋아, 내가 흥분해도 괜찮다면 그러도록 해."

무슨 관심이 필요한 애냐고, 당신…….

토라진 이누카미 선배에게 간단히 설명하며 방금 들은 말에 대해 생각했다.

나밖에 의지할 사람이 없었다니 무슨 뜻일까? 치유마법사의 도움이 필요하다면 진료소의 올가 씨나 우루루 씨에게 부탁해도 될 텐데…….

"나는 아마코. 보다시피 여우 수인이야. 당신에 관해서는 알고 있어. 이상한 치유마법을 쓰는 사람, 우사토."

"이상한 방식으로 쓰고 있다는 자각은 있지만…… 뭐, 그건 됐어. 네게 묻고 싶은 게 많아. 우선은 왜 그걸 나한테 보여 준 거야?"

그거란 물론 흑기사가 이누카미 선배와 카즈키를 죽이는 장면을 말했다. 애초에 그게 시작이었다.

내 말에 순간 입을 다문 소녀, 아마코는 불안한 얼굴로 이누카미 선배를 힐끗 보다가 결심했는지 내 쪽으로 얼굴을 돌리고 입을 열었다.

"그렇게 안 하면 이 왕국은 없어졌을 테니까. 용사는 죽고, 왕국은 패배하고, 그리고 나라가 멸망하여 모든 것이 유린당하게 될 거였어."

"……어떻게 생각하세요?"

"완전히 틀린 말은 아닐지도 몰라. 그때 우사토 군이 와 주지 않았다면 나랑 카즈키 군은 확실하게 죽었어. 자만할 생각은 없지만, 우리를 잃은 왕국군은 결국 마왕군에게 밀려서 졌겠지."

꽤 아슬아슬했던 건가.

나는 아무래도 그때 왕국의 운명을 바꾼 모양이다. 나도 모르는 사이에 터무니없는 중역을 맡고 있었네.

이 아이가 없었다면 이 나라 사람들은 지금쯤……, 그렇게 생각하자 손이 덜덜 떨렸다.

"……이곳에는 신세 진 사람도 있었고, 무엇보다 겨우 발견한 당신을 잃을 수는 없었어."

겨우 발견했다라…….

그 말이 살짝 마음에 걸렸다.

"그 광경은 뭐야? 환각……은 아닌 거지?"

내 질문에 그녀는 조금 망설이는 모습을 보였다.

"나는, 미래를 예지하는 마법을 쓸 수 있어."

"예지인가. 마법이란 건 뭐든 다 되는구나……."

미래 예지라고 하면 마법보다는 초능력일 텐데.

역시나, 하고 생각하면서도 그녀의 이야기에 귀를 기울였다.

"싸움에 패배한다는 예지는 1년 전부터 보였어. 그래서 싸움이 시작되기 전에, 어떤 병이든 상처든 고쳐 주는 치유마법사를 찾아다녔어."

"질 거라는 걸 알고 있었는데 왜 여길 떠나지 않은 거야? 네 덕분에 살아난 내가 말하기도 뭐하지만, 멸망할 나라에 남아 있기보다는 안전한 곳으로 도망치는 편이 좋았을 거 아냐?"

"선배, 왕국 밖에서 수인은 쉽게 노려지는 존재라는 것 같아요. 아마 나가고 싶어도 나갈 수 없었겠죠."

내 말에 아마코가 작게 고개를 끄덕였다.

"응, 이 나라 말고는 안 돼. 수인은 수인이라는 이유만으로 박해받아……."

이 아이는 아마 이 왕국에 오기까지 상당히 무서운 일을 당했을 것이다.

예지 능력을 가지고 있어도 힘없는 어린아이라는 사실은 변함없었다.

"나는, 수인이 사는 나라에서 왔어."

"그건 또 상당히 머네……."

"수인의 나라는 링글 왕국에서 얼마나 먼가요?"

"적어도 어린 소녀가 오기에는 도저히 무리인 거리야."

선배는 그렇게 단언했다.

그녀의 진지한 표정을 보면 수인의 나라라는 곳은 상당히 멀리 있는 모양이었다.

"너는 힘들지 않았어?"

"힘들다는 생각은 안 했어. 엄마를 구하기 위한 일이니까."

"……어머니는 병에 걸린 거야?"

"보통은 나을 수 없다고 했어. 계속, 깨어나지 않아."

그래서 치유마법사인가.

"수인에게서는 치유마법사가 태어나지 않아. 인간만의 마법이니까. 하지만 어느 나라에도 우리 엄마를 고치러 와 주는 인간은 없었어. 나는 수인이라 아무도 도와주지 않았어."

"차별, 인가……."

선배가 난처한 얼굴로 끙 소리를 냈지만, 나는 선배와 다른 생각을 하고 있었다.

아마코는 치유마법사를 찾아 여러 나라를 방문했다. 아마 예지 능력을 사용해 다양한 위험을 극복했을 것이다. 그렇게 편리한 능력을 가지고 있는데 수인의 나라가 그녀를 그렇게 쉽사리 국외로 내보냈을까?

내가 생각에 잠겨 있든 말든 아마코는 이어서 말을 자아냈다.

"몇 안 되는 치유마법사를 이 나라에서 세 사람이나 찾았고, 심지어 그중 두 명은 나와 함께 엄마를 구하기 위해 와 주는 미래가 보였어."

"올가 씨, 우루루 씨, 단장…… 이렇게 셋?"

"응, 하지만 와 주기는 해도 함께 갈 수는 없었어."

"왜?"

"진료소 사람은 싸우지 못하니까. 무서운 사람은, 얘기는 들어주지만 같이 와 주지는 않았어."

"아……."

막연하게나마 납득이 됐다.

확실히 올가 씨와 우루루 씨는 장기 여행을 버티지 못할 것이다.

그리고 로즈도 한 조직을 아우르는 리더였다. 섣불리 떠날 수는 없었다. 그보다 믿을 수 없다며 내버려 둘 가능성도 있었다.

"그래서 나를 고른 건가……."

"당신이라면 와 줄 거야. 당신은 왕국의 파멸이라는 미래를 바꿀 수 있고, 우리 엄마를 살려 주러 올 사람이라는 걸 한눈에 알아봤어. 그래서 미래를 보여 줬어."

"그렇게 간단히 다른 사람에게 보여 줄 수 있는 거야? 머리가 엄청 아팠는데……."

그야말로 머리가 쪼개질 듯이 말이지.

"남한테 보여 주는 건 마력을 굉장히 많이 써. 그 후에 나도 사흘 밤낮을 드러누워 있었어. 피차일반이야."

그래서 그 후에 이 아이를 찾을 수 없었던 건가.

하지만 이 아이는 선배와 카즈키를 구한 생명의 은인이란 말이지. 그리고 왕국 사람들에게도…….

협력해 주고 싶지만 이건 예상보다도 큰 문제였다.

로즈의 말에 의하면 수인의 나라는 인간에게 배타적일 것이다. 이 아이가 수인의 나라에서 어떤 입장인지 알기 전까지는 섣불리 행동하지 않는 편이 좋겠지.

"아무튼 임금님께 말씀드려 볼까……. 임금님한테 사정을 설명할 때는 너도 같이 와 줄래?"

"엇, 임금님한테? 그래도 돼?"

"그분이라면 문제없을 거야."

하지만 약속도 잡지 않고 가는 것은 너무 무례하니, 로즈에게 이야기를 전해 달라고 부탁해야겠다.

"좋아, 우선은 단장부터네. 아무튼 잠깐 여기 있어. 선배는 얌전히 있어 주세요. 아마코……라고 했지? 만약 이 사람이 너한테 무슨 짓 하려고 하면 날 불러 줘."

"저기, 우사토 군. 넌 나를 뭐라고 생각하는 거야?"

산만한 어린아이.

나는 뾰로통한 선배를 곁눈질하며 단장실로 향했다.

이 시간이라면 로즈는 단장실에 있으려나……. 어떻게 설명하는지가 문제네…….

***

우사토 군이 지친 표정을 지으며 식당에서 나갔다. 남겨진 내 눈앞에는 예의 바르게 앉아 있는 여우 수인, 아마코가 있었다.

나는 깍지 낀 손 위에 턱을 올리고 그녀를 지그시 관찰했다.

그녀는 이 자리에 있기 불편한지 안절부절못했다.

"……."

귀엽다.

엄청 귀엽다.

얘 뭐야, 인형 같아.

진짜 여우 아가씨다. 동물 귀다. 꼬리도 달려 있어.

만져 봐도 되려나…….

앗, 안 되지. 이성을 잃을 뻔했다. 위험해, 위험해.

우선은 조금 전의 대화로 알게 된 사실을 정리해 볼까.

수인의 나라에서 여기까지 오느라 굉장히 고생했다는 것.

그리고 병으로 몸져누운 엄마를 우사토 군이 고쳐 줬으면 한다는 것.

그래서 우사토 군에게 우리가 죽는 미래를 보여 주고 이 왕국이 멸망하는 역사를 바꿨다.

그 대가로 자신에게 협력해 주길 바라고 있었다.

먼저 든 생각은 수법이 살짝 답답하다는 점이었다.

"너라면 우사토 군에게 아무것도 말하지 않고 협력을 구할 수도 있지 않았어?"

"……이 나라에 오기 전의 나라면 그랬을 거야. 하지만 이곳 사람들과 지내면서 그럴 수 없게 됐어."

"그런가……."

마음씨 착한 로이드 왕이 통치하는 이 왕국은 이상하리만큼 평화로웠다.

모두 상냥하고, 차별도 없는 독자적인 나라를 형성하고 있었다. 이 아이도 이곳을 방문했을 때는 주위에 전부 적뿐이라고 생각했을 것이다. 하지만 그렇지 않았다.

"이 나라는 내게 고향보다도 따뜻한 곳이야. 차별 없이 대해 주는 사람들뿐…… 하지만 엄마가 고향에서 괴로워하고 있으니까…… 우사토를 데려가야 해서……."

아마코는 뜨문뜨문 말을 자아냈다.

우사토 군에게 말할 때처럼 또랑또랑한 느낌이 아니라 왠지 나를 무서워하는 듯한 말투였다.

아무래도 이 아이는 나를 좋게 생각하고 있지 않는 것 같았다.

"……우사토를 발견했을 때, 눈을 의심했어. 왕국의 파멸을 막을 방법을 이런 형태로 찾을 줄은 몰랐으니까."

"네 마법은 대체 어떤 능력인 거야? 미래 예지라고 해도 범위가 있을 거 아니야."

1년 전에 싸움에 질 것까지 예지했다. 상당히 넓은 범위를 알 수 있을 터였다.

"굉장히 모호해. 평소에는 그다지 먼 미래는 안 보여. 하지만 잠잘 때는 반년 뒤나 1년 뒤의 미래도 보게 돼. 그리고 미래를 바꿀 가능성이 있는 사람에게는 상이한 두 미래가 보여. 그 사람에게만 미래를 고를 수 있게 보여 줄 수 있어."

"그렇구나. 그래서 우리가 죽는 미래를 우사토 군에게 보여 줘서 그걸 막게 한 건가. 근데 수인은 미래 예지 마법을 평범하게 쓸 수 있는 거야?"

"그건, 내 혈통 때문이야."

"혈통?"

"우리 일족은 때를 읽는 게 특기야. 엄마도 예지 마법을 쓸 줄 알았는데, 엄마가 말하길 내 예지 능력은 일족 중에서 제일 대단하다고 했어."

"……."

지금쯤 수인의 나라는 혈안이 되어 이 아이를 찾고 있을지도 모르겠네.

이거 일이 마침내 귀찮게 됐어. 아마 이 아이가 본 미래에서 로즈 씨가 부탁을 거절한 건, 이 아이가 수인의 나라에서 어떤 중요한 입장에 있기 때문이겠지.

마왕의 침략에 대비하고 있는 시기에 그런 이야기를 들으면 거절할 수밖에 없을 것이다.

"……뭐, 결정하는 건 우사토 군이지."

그는 이러니저러니 해도 거절하지 못하는 사람이니까.

***

"고향에 같이 가서 모친의 병을 고쳐 달라고 여우 수인에게 부탁받았다는 건가."

"간단히 정리하면 그런 느낌이에요."

깔끔하게 정돈된 단장실에서 목제 의자에 앉아 있는 로즈는 아마코 이야기를 듣더니 귀찮다는 얼굴로 한숨을 쉬었다.

"정말이지, 너도 귀찮은 문제를 가져오는군. 수인은 겉모습만 봐서는 영 판별이 안 돼. 때를 읽는 공주라니, 웃기지 말라고."

"때를 읽는 공주……?"

성가신 기운을 풀풀 풍기는 명칭이었다.

"수인 중에는『때 읽기』라고 불리는 희소 마법 적성을 지닌 녀석이 드물게 있어. 수인 종족에게 닥칠 재앙을 예지하고 전하는 역할을 맡고 있지. 그 녀석이 링글 왕국에 있다면…… 수인의 나라는 우리를 적대할 가능성이 있어. 인간을 향한 녀석들의 적의는 정상이 아니니까."

"마왕군이 침략해 올지도 모르는 이 비상시에요?"

"수인에게는 마왕군보다 인간 쪽이 눈엣가시일걸."

아마코가 중요한 입장에 있을지도 모른다고 예상은 했지만, 설마 이 정도일 줄은 생각도 못 했다.

로즈에게 상담하길 잘했다. 섣불리 왕국 밖으로 갔다면 큰일 났을지도 모른다.

"……단장님의 의견을 들려주세요."

"안 돼, 라고 하고 싶지만, 우선 로이드 님께 말씀드린 후에 판단할 수 있겠어. 오늘은…… 아니, 며칠간 알현은 무리야. 지금 로이드 님은 타국과의 연계를 주선 중이시니까."

한동안 알현은 무리인가. 그럼 나는 어쩌면 좋지…….

조금 더 아마코에게 이야기를 들어 봐야 할까, 아니면 훈련이라도 하면서 준비할까.

"그동안 너는 훈련이야. 수인의 나라에 가는 걸 로이드 님께서 인정하셨을 때, 지금 네 실력으로는 자기 몸을 지키기만도 벅찰 테니까. 다시 한 번 내가 훈련시켜 주마. 어차피 여기에는 부상자 따위 오지 않으니 말이지."

"그건 딱히 상관없지만……."

여기서 싫은 티를 내지 않게 된 걸 보면 나도 상당히 익숙해져 버린 걸까?

아니, 익숙해지다니 그게 뭐야?! 구박에 익숙해진다든가, 내가 무슨 마조히스트냐?!

충격적인 적응에 자기혐오에 빠질 뻔했지만 이곳이 단장실임을 떠올리고 미수로 그쳤다.

이럴 때 혼나고 싶지는 않았다.

"그럼 저는 밑에서 기다리고 있는 선배랑 아마코에게 그렇게 전해 둘게요."

"오냐."

인사를 하고 단장실을 뒤로한 나는 아래층으로 내려갔다.

식당으로 돌아오자 열심히 아마코에게 말을 걸고 있는 이누카미 선배의 모습이 시야에 들어왔다.

문득 아마코를 보았다.

염색한 머리와는 확연하게 다른 광택의 금발, 이누카미 선배보다도 한층 작은 체구.

정말로 잘도 혼자서 여기까지 왔구나 싶었다.

선배와 아마코 곁으로 다가간 나는 로즈와 했던 이야기를 설명하려고 했다.

하지만 이쪽을 본 아마코가 먼저 입을 열었다.

"……그래, 시간이 조금 걸리는구나."

그녀는 나를 빤히 보고 그렇게 말했다.

내가 말할 내용을 예지한 건가.

이누카미 선배가 엄청 곤혹스러워하고 있는데…….

"서로의 눈빛만으로 통하는 거구나. 분해, 뭔가 진 것 같아."

"왜 경쟁하려 드는 건가요……. 임금님과 알현하려면 시간이 걸리는 것뿐이에요. 결단코 그런 범죄적인 관계는 안 될 거예요."

선배는 날 범죄자로 만들고 싶은 거야? 이 세계에 로리콤이라는 개념이 있는지는 모르겠지만.

내 말을 듣고 선배는 살짝 슬픈 얼굴로 눈을 돌렸다.

"최근 날 너무 막 대하지 않아? 슬슬 운다?"

"그렇게 말하는 동안은 괜찮아요. 애초에 막 대하게 된 건 그만큼 선배와 친해졌다는 거 아닌가요?"

"……뭔가 내가 생각하는 친밀함과 우사토 군의 친밀함은 달라."

"어디가 다른데요? 제대로 관심 주고 있어요."

"내가 무슨 강아지야?!"

강아지 같은 존재잖아요. 호기심이 왕성한 점이라든가.

나는 대드는 선배를 의자에 앉히며 아마코 쪽을 보았다.

"그럼 앞으로 어떻게 할래?"

"바로 갈 수 있을 거라고는 생각 안 했으니까, 오늘은 돌아갈래."

"그러고 보니 넌 어디에서 살고 있어?"

"할머니가 경영하는 과일 가게에 얹혀살고 있어."

"아~ 거긴가."

로즈가 나를 숲에 내던지기 전에 거리에서 삐죽삐죽한 과일을 팔고 있던 모습을 봤었지.

거기에 얹혀살고 있는 건가. 지금까지 계속 살고 있다는 건 그런 대로 좋은 대우를 받고 있는 거겠지. 살짝 안심했다.

나는 어쩔까……. 이대로 올가 씨한테 갈까, 아니면 훈련할까.

하지만 옆에서 선배가 기대하는 눈으로 나를 보고 있었다. 당초 예정대로 진료소에 갈까?

"나도 거리에 갈 생각이었으니까 데려다줄게."

"응."

"이누카미 선배도 갈 거죠?"

"응! 갈래!"

역시 강아지잖아.

내심 그렇게 생각하며, 거리에서 눈에 띄는 구명단 단복을 벗어 의자에 걸었다.

블루링은 두고 가자.

"우사토."

"응?"

내 앞으로 이동한 아마코가 지그시 눈을 마주 보았다. 그 파란 눈동자를 보면서 「이세계 사람의 눈은 예쁘구나」 하고 시시한 생각을 하고 있으니—.

"고마워."

희미하지만 분명한 미소와 함께 아마코가 감사 인사를 했다.

나도 웃으며 그녀에게 대답했다.

“나야말로 정말 고마워.”

네가 있었기에 선배와 카즈키를 잃지 않을 수 있었어.

의아한 표정을 짓는 이누카미 선배와 무표정하지만 살짝 발걸음이 가벼워진 아마코와 함께 거리로 향했다.

거리 입구에 도착했을 때, 문득 생각났다는 듯이 아마코가 이누카미 선배와 내 쪽을 돌아보았다.

고개를 갸우뚱하는 우리에게 그녀는 마치 경고하듯—.

“말하는 걸 깜빡했는데, 우사토랑 스즈네는 모두에게 둘러싸일 거야.”

그렇게 말함과 동시에 갑자기 달려가 버렸다.

멀어지는 그녀의 뒷모습을 바라보며 나는 멍해졌다.

“어? 모두에게?”

거리로 사라지는 그녀를 우두커니 보고 있는 내 어깨를 이누카미 선배가 약하게 두드렸다.

정신을 차리고 보니 우리의 모습을 발견한 마을 사람들이 기뻐하는 표정을 짓고 있었고, 일부는 가게 상품을 자루에 담기 시작하고 있었다.

“우사토 군, 다른 사람들한테 우리는 어떻게 보일까……. 연인, 이려나?”

“주인과 종자겠죠. 그보다 좀 더 당황해 주세요.”

나도 폼으로 거리를 달리고 있는 건 아니라서 마을 사람들과는 그런대로 교류가 있었다. 이럴 때의 단결력은 아주 잘 알았다.

"하아…… 아마코, 이런 건 좀 더 빨리 말해 주지……."

나는 크게 한숨을 쉬며 다가올 소동을 각오했다.

제4화 재래! 반복되는 지옥!

나는 로즈와 함께 훈련장에 왔다.

그리고 구명단의 상징인 훈련복을 입고 언제든 시작할 수 있게 준비 체조를 했다.

그에 반해 로즈는 아까부터 내 앞에서 조용히 팔짱 끼고 이쪽을 보며 생각에 잠겼다.

"오랜만에 훈련시켜 줄 생각이긴 하지만, 치유마법에 관해서는 더 이상 말할 게 없어."

"예? 하지만 아직 질병 같은 복잡한 건 못 고칠 것 같은데요……."

"그런 건 익숙해지면 저절로 할 수 있게 돼. 어쨌든 지금 너한테는 무리야."

그렇게까지 분명하게 할 수 없다고 하니 반대로 단념도 쉬웠다.

그럼 뭘 하면 되는 걸까. 계속 근력 트레이닝을 하라는 건가. 꽤 힘이 붙었으니 슬슬 다른 트레이닝 방법을 시도하고 싶은데—.

"내가 보기에…… 체력적으로나 육체적으로나 간신히 합격점이지만, 일단 좋다고 치자."

정정, 로즈 앞에서 내 힘은 아직 먼 것 같다.

이 사람은 내게 어디까지 바라는 걸까.

"그럼 뭘 하면 될까요?"

그렇게 묻자 로즈는 내게서 조금 떨어지더니 팔을 돌리며 준비 운동을 시작했다.

뭘까, 굉장히 불길한 예감이 들어.

막연한 오한을 느끼고 있자 주먹으로 뚜둑 소리를 낸 로즈가 생긋 웃으며 나를 보았다.

"널 때릴 거다."

"……아하하, 농담도 참……."

"지금부터 네가 반응할 수 없는 속도로 때리겠어. 피해."

"당신 내가 싫죠?! 당신의 펀치를 맞으면 몸이 터져 버린다고요?!"

로즈에 의해 머리가 깨졌던 뱀의 모습이 뇌리에 떠올랐다.

내 힘도 통하지 않았던 비늘을 간단히 꿰뚫은 그 파워를 평범한 인간이 맞는다면 틀림없이 데드 엔드일 것이다.

"너는 치유마법에 너무 의존해. 뭐, 그렇게 단련시킨 건 나지만, 다음 단계로 나아갈 때가 온 거지."

그런 부조리한 스텝 업이 있어서야 되겠냐?! 쌩하니 도망치려고 했지만 즉각 덜미를 잡히고 말았다.

"시, 싫어?! 사, 살해당한다! 아마코! 이 미래는 안 보였던 거야?!"

"이제까지의 너는 너무 무방비했어. 지금까지는 이판사판으로도 어떻게든 됐겠지만, 상처에 작용하는 저주에는 치유마법도 듣지 않아……. 회피를 익혀라."

피할 자신이 없는데요? 내가 반응할 수 없는 속도라니 그게 뭔가요.

아마 이 사람, 치유마법이 있다는 이유로 봐주지는 않겠지.

“뭐, 나도 악마는 아니야. 맨 처음은 가볍게 해 주마.”

“아니, 애초에 부하를 때리려는 시점부터가 문제라고! 당신 미친 거 아니야? ……아, 죄송합니다.”

“그런가, 너는 진심을 다하길 원하는 거군. 네가 훈련에 열심이라 나는 기쁘다!”

왜 내 입은 의사와 상관없이 움직여 버리는 걸까.

로즈가 나를 붙잡은 손을 높이 들었다. 그 거동에 나는 공허하게 껄껄 웃으며 전력으로 치유마법을 발동해 몸에 휘감았다.

한순간의 부유감과 함께 10미터 정도 앞으로 던져졌지만 아슬아슬하게 몸을 틀어 착지했고, 동시에 양팔로 머리와 심장을 보호했다.

“방어하지 마.”

“그런 터무니없—!”

순간, 인생 최대의 충격이 내 몸을 덮쳤다.

주먹이 박힌 곳이 뚫린 듯한 격통이 일며 상하가 뒤집힌 듯 주위가 회전했고, 시야가 휙휙 바뀌면서 부유감과 엄청난 메스꺼움이 엄습했다.

“억……?!”

아마, 이후에 나는 말할 것이다.

이보다 더한 충격을 받은 적은 없었다고…….

“핫?!”

일어나니 그곳은 훈련장에 자란 나무 밑이었다.

나무 그늘이 나를 상냥하게 감싸고 있었다. 편안했다.

그래. 로즈와의 (일방적인) 치고받기 훈련은 없었던 거야.

훈련이 너무 과했나? 엄청난 악몽을 꿨네. 최근 불식되고 있던 로즈의 인상이 아주 나빠져 버렸다. 그럼 안 되지. 그 사람은 상처받기 쉬운 사람이라고 우루루 씨도 말했잖아. 내가 언제까지고 무서워하면 안 되지, 응.

"일어났나. 그럼 한 번 더 한다."

현실 도피는 그만두자.

아까까지가 현실이고, 내가 했던 생각도, 우루루 씨가 했던 말도 허무맹랑한 망언이었던 거다.

현실을 받아들이고 얌전히 훈련을 재개하자.

그렇게 하면 조금은 편해질 테니까.

"……네."

응. 다친 곳이 없다고 해서 꿈으로 치부하면 안 된다는 건 알고 있다. 역시 로즈, 케어까지 확실한 스승의 귀감이야. 정말이지, 내게는 과분한 스승이다.

내게는 과분하니까 다른 사람한테 넘겨주고 싶어.

"안심해, 아까는 봐준 거야. 몸에 이상은 없지?"

"……감사합니다."

지금까지 줄곧 생각했지만, 당신 진짜 괴물이야.

결국 그날은 로즈의 주먹을 계속 맞았다.

몇 번 피할 수 있을 것 같았지만 그때마다 로즈가 주먹 속도를 높여서 나를 훈련장 끝에서 끝까지 날려 버렸다. 이게 봐주는 수준이라니 그저 두려울 뿐이지만…… 그래도 내구력은 오른 느낌이 들었다.

그렇게 이틀, 사흘 지나니 점점 자각이 됐다.

나, 이제 웬만한 공격은 버틸 수 있을 것 같아. 원래 세계 기준으로 말하자면 미사일을 맞아도 끄떡없을 듯해.

그도 그럴 것이, 내 키가 170센티미터 정도는 된단 말이지. 체중도 그런대로 있는데, 그런 나를 훈련장 끝에서 끝, 혹은 그것을 넘어서는 거리까지 날려 버리는 주먹을 맞다 보면 어떤 위력의 공격도 무섭지 않게 된다고.

후반에는 회피에 정신 팔린 순간 크리티컬 히트를 먹이고…… 그 사람은 훈련의 취지를 잊어버린 게 아닐까요?

***

그렇게 로즈와 훈련한 지 나흘이 지났을 무렵.

나는 휴가를 받아서 성에 왔다. 아무래도 로즈한테 일이 생긴 모양이라, 오늘은 훈련을 할 수 없게 되면서 받은 휴가였다.

일단 성에 오긴 했지만 특별히 이렇다 할 용건은 없었기에 왠지 신경 쓰이던 사람이 있는 곳으로 발걸음을 옮겼다.

"그래서 말이야, 단장은 진짜 너무한다고. 날 막 때려서 날려 버리고."

"……왜 여기 있는 거야?"

"아니, 어쩌고 있나 싶어서."

흑기사는 감옥 앞에서 투덜거리는 나를 노려봤다.

저번처럼 얼굴을 드러내지는 않고 뭉글뭉글한 까만 갑주로 몸을 감싸고 감방 구석에 앉아 있었다.

그녀는 그 후 얌전히 있는 모양이지만, 왕국 사람들은 흑기사의 처우 문제로 골머리를 썩이고 있는 듯했다. 위험하니 처형하자는 과격한 의견도 나오고 있는 것 같으나 임금님이 완고하게 불허하고 있다고 한다.

임금님의 판단은 안이하다는 말을 들을지도 모르지만 개인적으로는 찬성이었다. 이 나라에서 사형 같은 일은 하지 않길 원했다.

"넌 앞으로 어쩔 거야?"

"딱히…… 여기 있을 뿐이야."

"그걸로 좋아?"

"좋든 나쁘든, 내가 정할 일이 아니잖아."

확실히 그렇지만, 정말 어떻게 되는 걸까. 뭐, 내가 포획했기 때문에 신경 쓰이는 거지만. 사형되기라도 하면 속이 엄청 안 좋을 것이다.

"너는……."

"응?"

"아무것도 아니야. 빨리 나가."

"하아, 예, 그럽지요."

그 말을 따라 얌전히 일어나서 감옥을 뒤로했다.

한번 로즈한테 상담해 볼까? 하지만 로즈도 흑기사 관련으로 뭔가 진행 중인 것 같고, 내가 뭔가 할 필요는 없을지도 모르겠다.

이것저것 생각하며 성안을 이동하고 있는데, 성 밖에서 검을 휘두르고 있는 그림자를 발견했다. 저건 아마, 카즈키다.

잠깐 얼굴을 내밀자 싶어서 그리로 향했다.

"흡!"

카즈키도 열심히 노력하고 있는 듯했다. 방해해서 미안하다고 생각하면서 나무 그늘로 이동하니 생글생글 웃으며 카즈키를 바라보고 있는 세리아 님이 있었다.

"어머, 우사토 님."

"안녕하세요, 세리아 님. 카즈키는 언제부터 이러고 있는 건가요?"

"제가 여기 오기 전부터요. 슬슬 체력이 걱정되네요. 역시 마왕군과의 싸움이 영향을 미친 걸까요……. 그 이후로 훈련에 한층 더 기합이 들어간 것 같기도 해요."

"어라? 뭔가 위화감이…… 훈련이란 건 몸을 깎아 내는 것 아닌가요?"

"……괜찮으세요? 저기, 우사토 님, 조금, 눈이 무서운데……."

눈? 내 눈이 어쨌다는 걸까. 왜 세리아 님이 새파래진 얼굴로 쓰게 웃고 있는 건지 의문스럽게 여기며 카즈키 쪽을 보았다.

검을 휘두르는 모습이 무척 그럴듯해서 멋지구나.

"……어라? 우사토?"

카즈키가 나를 알아차렸다. 검을 칼집에 되돌린 그는 근처에 놓아두었던 천을 들어 땀을 닦으면서 이쪽으로 달려왔다.

"오랜만이다!"

"나도 훈련 때문에 좀 바빴거든."

그걸 훈련이라고 말해도 좋을지는 모르겠지만.

"이누카미 선배한테 들었어. 이 나라에 살고 있는 수인 아이를 위해 수인의 나라에 가려고 한다며?"

"그 부분은 임금님이 판단해 주셔야 해. 하지만 가능하다면 도와주고 싶어."

"그 일에 관해서 말인데요……."

세리아 님이 뭔가 말하고 싶은 표정으로 카즈키와 나를 보았다. 임금님의 딸인 그녀라면 이것저것 알고 있을지도 모른다.

"수인의 나라에 가고 싶다는 우사토 님의 청원은 아마 이루어질 거예요."

아직 일주일 정도밖에 안 지났는데 그 단계까지 결정이 난 건가. 아니, 너무 빠른데? 이건 뭔가 있구나.

"아바마마는 다른 나라와 협력하여 마왕군이라는 위협과 싸우기 위해 서신을 보내려 하고 있어요. 어쩌면 우사토 님도 서신 전달을 부탁받게 될지도 몰라요."

어? 어째서 내가 그…… 서신 전달을 임금님께 부탁받는 거야?

용사인 선배와 카즈키라면 모를까…….

아니, 뭐, 그건 임금님이 설명해 주실 테니 지금은 그녀의 이야기에 귀를 기울이자.

“카즈키 님과 스즈네 님, 우사토 님이 오시기 전에 벌어졌던 전쟁 때는 유감스럽게도 협력을 얻을 수 없었지만…… 이번 싸움으로 조금 사정이 달라졌거든요.”

“사정이 달라졌다고? 뭐가 어떻게 달라진 거야?”

“마왕군을 격퇴하는 데는 성공했어요. 하지만 카즈키 님과 스즈네 님의 힘을 가지고서도 간신히 따낸 승리였죠. 게다가 원래대로라면 사상자는 이루 헤아릴 수 없을 만큼 많았을 거예요.”

“나도 우사토가 구해 주지 않았다면 그 자리에서…… 아, 이런.”

카즈키가 아차 하는 얼굴로 입을 막았다. 왜 저러는 거지? 옆에 있는 세리아 님을 신경 쓰는 걸 보면, 설마 세리아 님한테 자신이 죽을 뻔했다는 사실을 말하지 않은 건가?

……그보다 생각해야 할 것은 임금님이 보내려 하고 있는 서신에 관해서다. 아마코의 예지가 없었다면 이번 싸움은 패배할 운명이었던 싸움이라고 해도 좋을 것이다.

그것에 근거하여 주변 나라에 마왕군의 위험성을 호소하면 도와줄지도 모른다.

“아직 정식으로 결정되진 않았지만 각국에 서신을 보내는 건 확실해요. 우사토 님께도 수고를 끼치게 될지도 모르지만…….”

“저도 이 나라에 신세 지고 있는 몸이니 그 정도 수고는 문제없어요."

로즈와 하는 훈련에 비하면 훨씬 편할 테고. ……어라? 뭔가 내 판단 기준이 로즈와의 훈련이 된 것 같은데…… 아주 틀린 건 아니니까 상관없나?

"자세한 얘기는 임금님께서 해 주실 테니, 그때까지 훈련이나 하며 기다리죠, 뭐. 그럼 전 슬슬 돌아갈게요."

"아~ 벌써 가려고?"

"우후후, 카즈키 님. 우사토 님도 바쁘시겠죠."

오늘은 특별히 바쁘지 않지만, 카즈키가 훈련하고 있는 모습을 보니 나도 뭔가 해야만 할 것 같았다.

다만 아마코네 엄마의 병을 고치러 수인의 나라에 가는 것이 각국의 협력을 구하는 것으로 바뀔 줄은 몰랐다. 하지만 마왕군과의 싸움을 위해 중요한 역할을 짊어진다는 것은 알 수 있었다.

이곳은 이른바 최전선, 마왕이 지배하는 영토에서 가장 가까운 나라다. 그렇기에 타국의 도움이 필요한 거겠지만……다른 나라 사람들은 마왕의 침략이라는 위협을 잊어버린 상태다.

카즈키와 이누카미 선배와 아마코가 없었다면 이 나라는 패배하여 마왕의 위협을 다시 알리는 신호탄이 됐을지도 모른다.

그렇게 생각하니 등골이 오싹해졌다.

"……그럼 카즈키 님, 조금 전 하셨던 말씀에 대해 자세히 들려주시겠어요?"

"어? 뭐, 뭘?"

"자세히, 들려주시겠어요?"

"하, 하하. ……미안."

등 뒤에서 들리는 두 사람의 대화에 쓰게 웃으면서도 내 발은 자연스럽게 구명단 훈련장 쪽으로 향하고 있었다.

***

오늘은 그 치유마법사, 우사토가 찾아왔다.

그 녀석은 내게 줄줄이 불평을 늘어놓은 뒤에 휙 돌아갔다.

결국 뭘 하고 싶었던 걸까. 내가 도망치지는 않을지 모습을 보러 온 건가?

도망쳐도 링글 왕국에서 추적자를 보낼 테고, 마왕군으로 돌아가도 지루한 일상이 기다리고 있을 뿐이다.

그렇다고 사형이 내려진다면, 음~ 글쎄…….

마력을 봉인하는 구속을 당한다면 이 갑주는 꼼짝없이 무효화되겠지만, 그렇게 호락호락 죽기는 또 싫었다.

처형당할 것 같으면 치유마법사가 올 때까지 마구 날뛰는 것도 나쁘지 않을 듯하다.

"그렇게 생각은 하지만……."

여기 녀석들은 무슨 생각을 하는 걸까.

고문도 안 해, 경비도 허술해. 가둘 생각이 있는 건가? 그러면서도 가둬 두고 있는 감옥이나 주위 구조는 견고한 것이 굉장히 짜증났다. 도망치길 바라는 건지 도망치지 않길 바라는 건지, 그 부분은 확실히 해 줬으면 좋겠다.

생각해 보면 가장 이상한 것은 우사토였다.

내 상처를 고치거나, 아까처럼 굳이 만나러 오거나, 이해할 수 없는 행동을 했다.

"앞으로 어쩔 것인가, 라……"

갑주를 해제하여 피부를 바깥공기에 노출시켰다.

따뜻하지도 춥지도 않은 감옥의 공기를 편안하게 느끼며 벽에 등을 기댔다.

마왕군으로 돌아가도 지루한 일상을 되풀이할 뿐, 그렇다고 여기 있어 봤자 감옥에 갇혀 있을 뿐…….

딱히 그것도 상관없지만 우사토가 일일이 만나러 오는 것이 왠지 싫었다. 지금껏 그런 식으로 날 대해 준 녀석이 없었으니까 어떻게 하면 좋을지 알 수 없었다.

"……어째서 나는, 그 녀석의 태도를 생각하고 있는 걸까……."

나에게 그 녀석은 적이다. 그것은 지금도 변함없었다.

하지만—.

"……?"

누군가가 감옥 앞에 있는 계단을 내려오는 소리가 들렸다.

경비를 맡은 기사일까.

아니, 평소 경비하는 녀석들은 갑옷을 입고 있으니 독특한 금속음이 들릴 터였다. 하지만 들리는 것은 발소리뿐.

마법 투구로 얼굴을 가리고 계단 안쪽을 노려보았다.

나타난 것은 어둠 속에서 두드러지는 흰옷을 입고 오른쪽 눈에 상처가 난 초록 머리 여자였다.

조금 전 우사토가 푸념했던 『단장』이라고 불리는 인물과 특징이 일치했다.

마왕군 제3군단장이 경계했던 인간이자 우사토 이외의 치유마법사.

"여어."

"……."

구명단 단장, 로즈.

"로이드 님께 부탁받아 와 봤더니, 상당히 과묵한 녀석이군."

"뭐 하러 왔지."

근처에 있던 나무 의자를 감옥 앞으로 가져와 거칠게 앉은 로즈는 입꼬리를 삐뚜름하게 만들고서 나를 보았다.

틀림없이 우사토의 상관임을 알 수 있을 만한 눈빛에 겁먹으면서도 마주 노려보았다.

그러자 로즈는 옅게 웃으며 검지와 중지를 세워 내게 보여 주었다.

"너한테 두 가지 선택지를 주마."

"두 가지……?"

"하나는 여기서 평생을 보내는 것."

평생 감옥 속에서 보내는 건가.

내 마법으로도 이 견고한 감옥에서 탈출하기는 어려울 것이다. 뭐, 처형하겠다고 하면 온 힘을 다해 저항할 거지만.

"그래도 상관없지만, 로이드 님은 내게 어떤 제안을 하셨어."

"……?"

로즈는 세웠던 손가락 중 하나를 접어 검지를 잘 보이게 들었다.

대체 무슨 말을 하고 싶은 거지? 치유마법사인 네가 날 죽이기라도 하겠다는 거야?

"죽일 거면 죽여."

"어이어이, 지레짐작하지 마. 성질 급한 녀석일세. 으쌰~!"

일어난 로즈는 품에서 열쇠를 꺼내 감옥 문을 열고 안으로 들어왔다.

주저앉아 있는 내게 성큼성큼 다가온 로즈는 나를 내려다보며 입을 열었다.

"로이드 님께서 제안하신 또 다른 선택지, 그건…… 아주 귀찮은 얘기지만, 너의 근성을 내가 바로잡아 참사람으로 만든다는 거다."

"……뭐? 너희들 바보 아니크헉?!"

순간, 머리에 엄청난 충격이 일며 투구가 순식간에 사라졌다.

반사적으로 눈물이 핑 도는 것을 느끼면서 위를 올려다보니 수도(手刀)를 내리친 로즈가 감탄한 얼굴로 나를 내려다보고 있었다.

"과연, 정말로 치유마법이 듣는군. 뭐, 어찌 됐든 지금은 방해되네."

아프지는 않지만 머리가 띵한 상태로 몸이 들어 올려졌다.

"로이드 님은 포로를 죽이는 걸 좋아하지 않으신다. 설령 그게 네 녀석처럼 귀찮은 마법을 갖고 있는 녀석이더라도 말이지."

그렇다고 해서 이런 수단을 쓰다니 정상이 아니었다. 내가 말하기도 뭐하지만 너무나도 안이한 판단이었다.

그렇게 말하려고 했으나 눈앞의 존재가 너무 무서워서 말이 나오지 않았다.

“그리고 나도 마족의 높은 동료 의식은 이해하고 있어. 적이라고는 해도 저항하지 않는 포로를 죽인다면 너희 마족놈들의 분노에 기름을 붓게 될 테니까. 분노로 불타오르는 복수귀만큼 귀찮은 건 없지.”

안 그래? 하고 물으며 로즈는 나를 들어 올렸다. 식은땀이 멈추질 않았다.

우사토보다도 강력한 치유마법을 휘감고 있는지 붙잡힌 갑옷이 순식간에 무산되어 버렸다. 붙잡을 것이 없어지자 로즈는 그대로 멱살을 잡아 올리더니 내게 무슨 개목걸이 같은 것을 철컥 채웠……어?!

“뭐야?!”

순간, 몸의 중심에서 흐르는 마력 대부분이 멈추며 갑주가 전부 사라져 버렸다.

“그렇다고 언제 탈옥할지 모르는 녀석을 계속 감시할 정도로 이 나라는 한가하지 않아. 따라서 후자의 방법을 쓰도록 하겠어.”

“잠깐, 그만…… 무슨―.”

“마구(魔具)로 마력을 봉인했을 뿐이야. 대단한 짓은 안 했어.”

마력 봉인 마구는 그렇게 쉽게 써도 되는 물건이 아니라고?!

희소한 도구일 텐데 너무나도 간단히 채워진 탓에 약간 패닉에 빠진 나는 겁먹고 바르작거렸다.

"원래대로라면 이걸 채우고 그냥 가둬 두면 돼. 하지만 그래서는 문제를 뒤로 미룰 뿐이지. 그래서 로이드 님은 내게 이렇게 명령하셨어. 흑기사의 처우를 맡기겠다고."

그렇게 말한 로즈의 얼굴은 지금까지 봤던 어떤 마물보다도 무서웠다.

"아, 으, 거짓말…… 싫어! 이거 놔, 괴력녀! 감옥으로 돌려보내줘!"

"네 녀석한테 거부권은 없어."

"어윽?!"

터무니없는 위력의 딱밤을 이마에 맞으니 의식이 날아갈 것 같았다.

눈물로 인해 시야가 번졌다.

"오늘부터 구명단 말단으로서 그 근성을 바로잡아 줄 테니 각오해. 크하하! 마족을 단련시키는 것도 재밌을 것 같군."

너무 급전개라 따라갈 수 없었다.

이 나라는 전혀 무르지 않았다. 거뜬히 나를 짊어지고서 계단을 올라가는 로즈에게 나는 처음으로 『공포』라는 감정을 느꼈다.

***

"블루링! 한 바퀴 더 도는 거야!"

"크르아아아!"

훈련장에 돌아온 나는 블루링과 함께 계속 달렸다.

평소에는 치유마법을 쓰며 달리지만, 이번에는 치유마법을 쓰지 않은 채 달려 보는 중이었다.

특별한 이유는 없었다. 하지만 이것저것 시도해 보는 것도 트레이닝의 묘미임을 나는 최근에 알게 되었다.

치유마법을 쓰지 않고 달리니 몸에 피로가 쌓이는 것이 느껴졌다. 로즈가 간신히 합격점이라고 말했던 의미를 알 것 같았다. 그리고 내가 치유마법에 너무 의존하고 있다는 것도…….

치유마법 없이도 움직일 수 있게 되어야 했다. 만약 게임처럼 마법을 봉인하는 적이 나타난다면 의지할 것은 자연히 내 몸밖에 없게 된다.

"그렇군! 단장님은 이걸 깨닫게 하려고 날 때렸던 거구나!"

치유마법도 중요하다. 하지만 구명단은 몸만들기가 기본이다. 이제껏 기본대로 소화했던 트레이닝이 가장 좋은 훈련임을 지금 깨달—.

"아니야, 멍청아."

"끄악?!"

어느새 나타난 로즈가 달리는 나를 옆에서 뻥 찼다. 세 번 구르고 일어난 나를 향해 로즈는 탄식했다.

"오늘은 쉬라고 했을 텐데."

"몸을 움직이지 않을 수 없어서…… 응?"

로즈의 어깨에 누군가가 엎어져 있었다. 축 늘어져 움직이지 않지만 숨은 쉬고 있는 듯하니 살아 있을 것이다. 아무래도 오늘 저녁밥은 아닌 모양이었다. ……아니, 저녁밥이라면 무섭지만.

그건 그렇고 낯익은 은발이네……. 뭐랄까, 성 지하에 유폐되어 있는 흑기사의 갑주 속 인물과 똑같……아?

“에, 에에에엑?!”

“시끄러워.”

“무슨 짓을—?!”

놀라서 소리 지르는 나를 퍽 때린 로즈는 어깨에 둘러멘 은발 소녀를 풀이 무성한 지면에 아무렇게나 떨어뜨렸다. 떨어진 소녀는 얼굴이 새파래져서 곤혹스러워했지만 근처에 있는 내 얼굴을 보더니 멍해졌다.

그리고 나도 말문이 막혔다.

머리에 난 뿔, 은색 머리카락, 갈색 피부. 눈앞에 있는 소녀는 지하 감옥에 갇혀 있어야 할 텐데 어째서 여기 있는 걸까…….

허둥지둥 로즈에게 설명을 요구했다.

“대, 대체 누굴 데려온 거예요?! 얘 흑기사잖아요?!”

“마족이라니 재밌잖아. 이 녀석은 꽤 튼튼하니 단련할 보람이 있겠어.”

“아니아니아니!”

재미를 따질 문제가 아니잖아?! 심부름하는 기분으로 대체 누굴 데려온 거야?!

“마력을 봉인했으니 별 힘은 못 쓸 거다. 뭐, 일단 내가 직접 감시해 주지."

"그럼 안심이네요."

뭐야, 그런 건 빨리 말해 달라고요. 괜히 쓸데없이 놀랐잖아요.

안도의 숨을 내쉬며, 멍하니 로즈와 나를 보는 그녀에게 시선을 옮겼다.

"이게 어떻게 된 거야? 나는, 어떻게 되는 거야……?"

"일단, 오늘부터 일기 쓸래?"

아마 며칠 안에 현실 도피하고 싶어질 테니까.

***

1일째

우사토가 떠맡긴 일기. 이게 뭘 의미하는지 모르겠지만 일단 오늘 일어난 일을 적어 보려고 한다. 몇 년 만에 글자를 쓰는 건데 의외로 기억하고 있구나.

오늘은 그 여자가 날 억지로 감옥에서 끄집어내 구명단이라고 불리는 곳에 데려왔다. 지금도 목에는 마력을 봉인하는 굴레가 채워져 있는데 이게 전혀 풀리질 않는다. 채워지고 나서 잠금쇠가 일그러진 형태로 변해 버렸다.

오늘 있었던 일은 이것뿐이다.

내일은 로즈가 훈련을 부과한다는 것 같지만, 인간이 하는 훈련 따위 마족인 내게는 너무나도 간단할 터, 경계할 필요도 없겠지.

2일째

오늘은 죽는 줄 알았다.

나는 착각하고 있었다. 인간이 하는 훈련이라고 생각했는데 전제가 틀렸었다. 통, 알렉이라는 오거종이랑 미르, 고무르라는 이름의 고블린 종과 함께 명백히 과한 거리를 달려야 하는 가혹한 훈련이었다.

그 녀석들한테 역시 괴물이라고 하자 녀석들은 자신들이 인간이라고 주장했다. ……아마 녀석들은 로즈가 길들인 괴물이겠지.

불쌍하게도, 자신을 인간이라고 인식하고 있다니.

내 신체 능력은 인간 이상이지만 마족 중에서는 그다지 높지 않다. 태양이 중천에 떴을 무렵에는 너무 피로한 나머지 쓰러져 버렸다. 노린 건지는 모르겠지만 마침 찾아온 로즈가 내 발을 손바닥으로 찰싹 때리고서 억지로 일으켜 달리게 했다. 통증은 없어졌으나 다른 아픔이 나를 덮쳤다.

「……우사…… 이하인가……」 하고 뭔가 작게 소리가 들렸지만, 어째선지 눈앞이 부연 탓에 신경 쓸 겨를이 없었다.

여긴 지옥이다. 감옥으로 돌려보내 줬으면 좋겠다.

3일째

몸이 안 움직인다.

4일째

그 여자는 인간이 아니다. 움직이지 못하는 나를 발로 차서 달리게 하다니, 제정신이 아니다.

왜 우사토는 웃고 있는 거야?

이런 게 평소 모습이라니 정상이 아니야!

너희들 전부 미쳤어!

5일째

오늘은 우사토도 함께 달렸다.

하지만 이상했다. 오거종이랑 고블린종과 같이 달리고 있는데 우사토는 전혀 숨이 차지 않은 모습이었다. 나는 그렇게나 힘들었는데, 우사토도 인간이 아닌 건가?! ……날 쓰러뜨릴 정도의 생물이 인간일 리가 없나……. 그렇게 납득할 뻔했지만 치유마법은 인간만이 쓸 수 있다는 게 생각났다.

우사토는 인간이지만 인간이 아니다.

나는 그렇게 해석했다.

6일째

그러고 보니 훈련이 시작되면 숲 안쪽에서 뭔가가 격돌하는 듯한 소리가 울린다. 그때마다 새가 일제히 날아오르고 멀리서 거목이 흔들리는 게 보인다.

내일 지친 척하고 쉬면서 보러 갈까.

땡땡이치는 건 특기니까.

7일째

8일째

꾀부리고 땡땡이쳐서 죄송합니다.

9일째

믿을 수 없는 이야기일지도 모르지만, 로즈가 우사토에게 심상치 않은 위력의 주먹을 부딪치는 훈련을 하고 있었다. 주먹을 맞은 우사토는 빙글빙글 회전하며 날아가 나무들과 격돌하고, 지면으로 떨어져 몇 번

튕겨 오르고서야 겨우 멈췄다.

죽은 줄 알았다.

굉장한 힘을 가진 오거도 저런 소리를 내며 사람을 날리지는 못한다. 몸의 중심을 정면으로 꿰뚫는 일격. 하지만 우사토는 평범하게 일어나 치유마법의 빛으로 배를 누르며 아프다는 얼굴을 했을 뿐이었다.

눈앞에서 일어난 광경을 믿을 수 없었다. 이런 일, 여기에 적지 않으면 의식을 유지할 수 없을 것 같다. 여긴 마왕령인 걸까? 일어나고 있는 사태는 마왕령의 범주를 넘어서 있지만.

머리가 이상해질 것 같다.

10일째

로즈는 내가 우사토의 훈련에 관심 있다고 생각한 모양이다.

저녁 식사 때, 내일 우사토의 훈련에 동행해도 좋다고 했다.

솔직히 고블린이랑 오거들을 따라가느라 체력을 다 써 버렸기에 제대로 된 대답은 돌려주지 못했다. 하지만 이건 기회일지도 모른다.

본의는 아니었으나, 여기 온 뒤로 줄곧 미지였던 우사토의 훈련을 볼 수 있게 되었다.

어제는 무서운 백일몽을 꿨지만 그런 게 인간이 하는 훈련일 리가 없다. 이번에야말로 녀석이 어째서 강한지 그 비결을 파헤쳐 주겠어.

어째선지 우사토는 맹렬하게 반대했지만…… 아마 내게 알려지는 게 싫은 거겠지.

녀석의 그런 얼굴을 보게 돼서 기분이 좋다.

오늘은 지쳤지만 왠지 기분 좋게 잠들 수 있을 것 같다.

"……."

실수로 훈련장까지 들고 와 버린 일기를 탁 덮었다가 다시 한 번 펼쳐서 내용을 확인하고 덮었다.

아무래도 나는 아직 꿈속인 모양이다.

억지로라도 좋으니 누군가가 날 깨워 줬으면 좋겠다. 눈앞에서 펼쳐지고 있는 이 훈련이라는 이름의 고문으로부터—.

"피하라니까! 맞는 거만 능숙해지고 말이야!"

"피하려고 하면 당신이 주먹 궤도를 바꾸잖아! 그런 걸 어떻게 피하라는 거야!"

"보고 피하면 되지!"

"그게 되겠냐!"

로즈에 의해 아득한 후방으로 날아간 우사토가 태연한 얼굴로 일어나더니 표정을 무시무시하게 바꾸고서 로즈에게 대들었다.

요 며칠간 저 여자의 공포가 몸에 새겨진 나로서는 얼굴을 콱 붙잡혔으면서도 태도를 바꾸지 않는 우사토의 행동에 전율을 금할 수 없었다.

"쯧, 한 번 더 한다."

"뭐야, 혀 차고 싶은 건 이쪽이라고, 진짜……."

둘 다 짜증을 내면서도 정해진 위치로 돌아갔다.

거리는 10미터.

다리를 반걸음 벌리고 선 우사토를 노려보듯 로즈는 눈을 가늘게 좁혔다.

인간의 눈이 아니었다. 저런 괴물과 정면으로 싸우려 하다니, 제3군단장은 의외로 강했을지도 모른다. 상성 문제도 있지만, 나는 절대로 못 이길 자신이 있다.

살짝 현실 도피하고 있는 사이에 로즈의 모습이 사라졌다.

이번에는 전혀 보이지 않았다. 맨 처음에는 어떻게든 보이는 수준이었는데.

즉각 우사토 쪽을 보았다.

"우왓?!"

"……엇, 피한 거야?"

순식간에 우사토 앞까지 이동한 로즈가 내지른 주먹을, 우사토가 몸을 홱 돌려 피했다.

믿을 수 없지만, 로즈가 내지른 주먹을 눈으로 보고 피한 건가? 어쨌든 인간의 영역에서 이탈하고 있는 것은 확실했다.

"해, 해냈다! 이걸로—."

"방심하면 안 되지."

"커헉?!"

"어, 어어……."

마침내 주먹을 피하는 데 성공해 감격스러웠는지 기뻐하는 표정을 지은 우사토의 복부에 무자비한 돌려차기가 추격타로 가해졌다.

쿠광! 하고 인체에서 나서는 안 될 소리가 울림과 동시에 우사토가 공중에서 크게 회전하며 예쁘게 포물선을 그린 후 지면에서 네 번 정도 튕겨 올랐다.

그야말로 잔인무도한 소행이었다.

"괘, 괜찮아?"

나답지 않게 걱정하고 말았다.

하지만 우사토는 복부를 누르며 벌떡 일어났다. 역시 대미지가 있었는지 몸을 흔들흔들 흔들고 있었다.

일단 가까이 달려가 상태를 살폈다. 하지만 얼굴을 번쩍 든 우사토는 내가 가까이 있음에도 불구하고 힘차게 양쪽 주먹을 하늘로 치켜들고서 우렁차게 외쳤다.

"해냈다~! 피했어!"

"우와……."

너무 갑작스럽게 소리쳐서 깜짝 놀랐지만 그보다도 전혀 타격받지 않은 모습에 더 놀랐다.

"하아, 잘했다. 이걸로 내가 때릴 필요도 없어졌군. 원래 훈련으로 돌아가도 돼."

"감사합니다!"

우사토는 팔짱을 끼고서 미소 짓고 있는 로즈에게 인사했다.

조금 전까지 험악한 분위기였던 두 사람을 보고 있었기에 식은땀이 멈추질 않았다.

뭔가 볼일이 있는지 로즈는 그대로 숙소에 돌아가 버렸다. 이 뒤로는 우사토가 지시하는 훈련을 하면 된다고 했지만—.

"이야~ 설마 주먹의 궤도를 바꿀 줄이야. 역시 단장님은 괴물이구나."

"그 괴물의 영역에 너도 한 발 들인 상태라는 걸 깨달아 줄래?"

"응? 뭔가 말했어?"

그 말을 듣고 무거운 한숨을 내쉬자 우사토가 훈련소 끄트머리 쪽으로 이동했다.

짐이 놓여 있는 곳에 주저앉아 상의를 꺼낸 그는 그것을 입고 일어났다.

"그럼 오늘은 너도 있으니까 조심스럽게 달릴까. 아, 그러고 보니, 굉장히 새삼스럽지만 물어봐도 돼?"

"뭘?"

"네 이름."

"굉장히 새삼스럽네……."

"아니, 물어보려고 해도, 저녁 먹고 이것저것 끝내면 바로 자 버리니까."

확실히 그렇지만, 요 열흘 동안 이름을 몰라서 불편한 적이 한 번도 없었다는 건 뭔가 분했다.

"이름, 인가……."

대부분 흑기사라고 불렀기에 나를 이름으로 부르는 건 제2군단장 녀석밖에 없었지.

여기서는 로즈에게 가르쳐 줬을 테지만, 되짚어 보면 그 녀석은 내 이름을 우사토 앞에서는 부르지 않았던 것 같다.

……남이 알려 달라고 해서 이름을 말하는 건 오랜만일지도 모른다.

"페, 페름……. 부모는 펠이라고 불렀어."

약간의 긴장과 함께 말을 내뱉자 우사토는 고개를 한 번 끄덕였고…….

"페름이구나. 그럼 지금부터 달릴 거니까 준비해."

"……야."

"응?"

"그게 다야?"

"그게 다인데?"

"……."

반응이 너무 담백해서 매우 마음에 안 들었다. 일단 우사토의 다리를 발끝으로 차 버린 후에 나도 준비 체조를 시작했다.

상당한 힘으로 찼을 텐데 아파하는 기색을 보이지 않은 우사토는 그 자리에서 가볍게 뛰어 몸 상태를 확인했다. 이 자식……!

"가볍게 뛰는 편이 좋지?"

"바보 취급하지 마. 나도 그 괴물들을 따라갈 수 있게 됐다고."

"으음~ 따라갈 수 있는 정도로는 안 된단 말이지."

"……뭐?"

웃으며 그렇게 말한 우사토는 튀어 오르듯이 가볍게 달리기 시작했다.

얕잡아 보는 건가?

나는 바보 취급당하고서 가만있을 만큼 기특한 성격이 아니었다. 입가가 자연스럽게 삐뚤어지는 것을 자각하며 우사토를 쫓아갔다.

"애초에 예전부터 넌 마음에 안 들었어……!"

"하하하, 마음에 들 만큼 친하게 지내지 않았으니까."

우사토를 추월하고자 속도를 높이니 짜증 나게 웃으며 옆으로 와서 그렇게 중얼거렸다.

"……읏!"

요 열흘간 여기 있으면서 알게 된 거지만, 역시 이 녀석은 괴물이다.

"……젠자앙!"

"아, 잠깐. 내가 페이스 배분을 맡았으니—."

"시끄러워! 너 따위에게, 너 따위에게 질까 보냐!"

오기로라도 따돌려 주겠어!

건방진 치유마법사에게 마족과 인간의 차이를 가르쳐 주마……!

***

"……어이, 우사토."

"네?"

"너한테 맡겼던 그 얼간이는 어쨌나?"

하루 훈련이 끝나고 단원 모두가 둘러앉아 저녁을 먹고 있을 때, 페름의 자리가 비어 있는 것을 알아차린 로즈가 내게 물었다.

나는 쓰게 웃으며 그 질문에 대답했다.

"그게, 쓰러져 버렸어요."

"쓰러졌다고?"

로즈와 훈련한 후에 일과인 달리기 연습을 했지만, 내게 대항심을 불태운 페름이 자기 페이스를 생각하지 않고 전력 질주한 끝에 실신했다.

"확실하게 치유하고 방에 눕혀 뒀으니 괜찮아요."

"하아, 내일 훈련 중에 쓰러지면 귀찮아. 나중에 밥 갖다 줘."

"알겠습니다."

어이없어하며 이마를 누른 그녀를 보고 작게 「츤데레인가……?」하고 중얼거린 나는 비어 있는 옆자리를 보았다.

페름은 생각보다 어린애였다. 내게 대항심을 불태우고 있는 것도 그렇지만, 자기 몸 상태를 생각하지 않고 움직이는 구석이 어린애 같았다.

"하하하! 그 아가씨는 쓰러져 버렸나! 우사토는 적당히 할 줄을 모르니 말이지!"

"난 평범하게 달렸을 뿐이지만 말이야."

"너의 평범함은 미친 수준이니까! 적어도 네 녀석은 인간이 아니야!"

"시끄러워! 단장님보다는 아직 인간이야!"

괴물 취급받고 가만있을 순 없다! 나는 실례되는 소리를 내뱉은 고무르를 노려보며 벌떡 일어났다.

그 순간, 무언가가 내 얼굴 옆을 스치고 지나갔다.

뒤를 보니 목제 스푼이 파르르 떨며 벽에 꽂혀 있었고, 다시 앞으로 얼굴을 돌리자 차갑게 웃으며 나를 쏘아보는 로즈가 시야에 잡혔다.

뺨에 난 상처를 치유하면서 고무르와 시선을 주고받았다.

"고무르 군, 다른 사람한테 그런 소리를 하면 안 되지. 하지만 나도 말투가 나빴어. 미안."

"인간이 아니라니, 나도 말이 과했어. 정말 미안."

구명단은 모두 사이좋은 친구다.

내심 덜덜 떨며 곁눈질로 로즈를 보니 용서했는지 고개를 주억거리고 있었다.

다행이다. 얼차려만큼은 피한 모양이었다.

그보다 목제 스푼이란 건 벽에 박힐 만큼 뾰족하던가?

"열흘간 지켜본 바, 그 녀석은 마족치고 체력이 없어. 누님은 앞으로 어떻게 그 녀석을 단련시키실 건가요?"

알렉이 겉모습과 어울리지 않게 쓸데없이 예의 바른 손놀림으로 요리를 먹으며 로즈에게 물었다.

"마법 성능에 푹 잠겨 있는 그런 어린애는 적당히 좌절시키면 알아서 얌전해져. 안 그래? 통."

"……좀 봐주세요."

그 물음에 통이 겸연쩍은 얼굴로 로즈에게서 시선을 돌렸다. 구명단 안에서도 통은 꽤 고참인 모양이니 이런저런 일이 있었겠지, 아마도.

"통, 단장님한테 뭔가 했었어?"

"시끄러워, 네 녀석이랑은 상관없어."

물어봤지만 거절당했다.

어지간히 밝히기 부끄러운 과거인 것 같았다. 나중에 알렉이나 다른 사람한테 물어보고 놀려야지.

남몰래 그렇게 결심하고서 마지막 빵 조각을 수프와 함께 넘기고 한숨 돌렸다.

"……휴우."

"우사토."

"예?"

이번에는 뭘까. 새로운 훈련에 관한 이야기인가? 아니지, 아무리 그래도 그 이상의 고행은 이제 없을…… 터.

"내일 아침에 성에 갔다 와. 로이드 님께서 너랑 두 용사에게 하실 말씀이 있다는 것 같다."

"그렇다는 건……."

"그래, 마침내 이 나라도 향후 방침을 정한 모양이야."

그럼 서신을 보내는 날도 그리 멀지 않았다는 건가. 그전에 로즈와의 훈련이 끝나서 다행이다.

내구력도 반사 신경도 꽤 성장했고, 엄청난 녀석에게 공격받지 않는 한 죽지 않을 정도는 됐다. ……어라? 회피력을 높이는 훈련이었을 텐데 내구력 쪽이 더 오른 것 같아.

신경 쓰면 안 되겠지.

"아마코도 데려가는 편이 좋겠죠?"

"그래. 꼭 데려가."

응? 임금님이 만나고 싶어 하는 걸까?

뭐, 상관없나. 성에 가기 전에 아마코를 데리러 가자.

다 먹은 그릇을 정리하며 앞으로의 일에 관해 생각했다. 서신을 건네는 것도 신경 쓰이지만, 그것을 위해 주의해야만 하는 것들이 있었다. 피해 갈 수 없는 위험 지대나 마을, 취락, 그리고 험한 산들.

"지형도 알아 둬야겠네……."

웰시 씨한테 부탁해서 수인의 나라까지 가는 지도를 보여 달라고 하자.

"그럼 내일 성에 갔다 올게요. 잘 먹었습니다."

나는 식기를 치우고 식당에서 나왔다.

내일은 일찍 일어나야 하니 일찍 자자. 하지만 그 전에 여전히 자고 있는 페름에게 저녁밥을 먹여야 했다.

"……때려서 깨울까."

몸은 아무런 문제도 없을 터였다.

애초에 피로와 상처를 고치는 치유마법을 쓰면 저주나 정신적 피로 등의 개념적인 것 외에는 치료되었다.

그런 고로 현재 페름은 그저 게으르게 자고 있을 뿐이었다.

나는 로즈처럼 기절한 사람을 억지로 깨워서 달리게 하는 악마가 아니기에 침대에 눕혀 뒀지만, 내일 일을 생각하면 깨우는 편이 좋겠지.

그녀가 자고 있는 방 앞에 서서 노크를 했다.

그녀가 지금 지내고 있는 방은 창고로 쓰던 곳인데, 예전에는 우루루 씨와 올가 씨가 썼다고 한다. 페름이 온 다음 날 사람이 살 수 있을 만하게 청소해 뒀지만…… 그 녀석, 어지르진 않았을까?

"아직 자고 있나? 하아……."

반응이 없는 걸 보니 아직 일어나지 않았나 보다.

크게 한숨을 쉬며 문을 여니 아무런 생활감도 들지 않는 방 한구석, 촛불이 밝혀진 책상 앞에 앉아 뭔가를 적고 있는 페름의 모습이 보였다.

"……."

뭔가 필사적으로 휘갈겨 쓰고 있는 것 같지만, 일어났으면 빨리 밑으로 내려올 것이지. 방에 들어온 나를 눈치채지 못했는지 때때로 끙 소리를 내며 머리를 흔들고 있는 그녀에게 다가가 말을 걸어 보았다.

"어~이, 페름~."

"우왓?!"

「우당탕!」이라는 효과음이 붙을 만한 기세로 의자에서 굴러 떨어진 페름을 보고 쓰게 웃으며, 발밑에 떨어진 수첩을 주워 그 표지를 보았다.

……내가 줬던 일기네.

사용해 주고 있다니, 살짝 기쁜데?

"괜찮아?"

"이, 이게 누구 탓인데……!"

손을 내밀었지만 보기 좋게 내쳐졌다.

자리에서 일어난 페름은 내 손에 있는 수첩을 보고 입을 뻐끔거렸다.

"응? 아아, 이거 사용해 주고 있구나. 고마워."

"내, 내놔!"

얼굴이 새빨개진 페름에게 일기를 빼앗겼다.

아니, 주긴 했지만 원래는 내 거였다?

성실하게 일기를 써 주다니, 꽤 순순한 구석도 있잖아? 원래부터 나쁜 아이는 아니었을지도 모른다. 제대로 대해 주면 어디에나 있을 법한 또래 아이였다.

"내용은 안 봤겠지? 봤다면 죽이겠어. 쳐 죽일 거야."

쉽사리 죽이려 드는 점을 빼면 말이지. 어차피 마력 대부분을 봉인당한 그녀에게는 무리한 일이고, 나와의 상성 면에서도 무리였다.

"저녁 먹을 거지? 안 먹으면 내일 배고픈 나머지 토할지도 몰라."

"토한다고 하지 마. ……제대로 먹을 거야."

뭐가 마음에 안 드는지 그녀는 뾰로통하게 얼굴을 돌리고서 방 밖으로 걸어갔다. 그러면서 일기를 소중히 주머니에 넣는 것이 보여서 조금 웃어 버렸다.

"뭐, 여기 생활을 충실하게 보내는 것 같아 다행이야."

똑같이 겉모습이 인간이 아닌 통 일행도 그녀를 받아들이고 있는 모양이고, 싸움은 걱정하지 않아도 될 것 같았다.

훈련에 관해서는 나를 상대로도 버텼고, 올가 씨와 달리 몸도 튼튼했다. 농땡이 피우려는 버릇도 로즈가 힘으로 교정해 줄 것이다.

남은 문제는 카즈키와 이누카미 선배가 그녀를 용서할 것인가……. 지나간 일이라고는 하지만 자신을 죽이려 했던 상대를 그렇게 간단히 용서할 수 있을 리가 없었다.

그보다—.

"언제까지 내 방에 있을 거야! 빠, 빨리 나와!"

"예예~."

페름과 한 지붕 아래에 사는 이 상황.

이누카미 선배가 어떻게 반응할지 걱정된다…….

제5화 우사토, 모색하다!

“나, 성에 들어가는 거 처음이야.”

내 옆에서 성을 올려다보며 감탄하는 이는 여우 수인, 아마코다.

그녀를 데리고 나는 어젯밤 로즈에게 들은 대로 이른 아침에 성을 찾아왔다.

언제나처럼 수위분들에게 인사하고 성안으로 들어갔다. 성에 들어서니 곧장 메이드 두 분이 가볍게 인사하며 우리를 맞아들여 주었다.

“우사토 님과 동행분이시죠? 로이드 님께 안내해드리겠습니다.”

“……우사토는 굉장한 사람이었구나.”

“뜻밖이라는 것처럼 말하지 말아 줘. 나도 어울리지 않는다는 건 자각하고 있으니까.”

「우사토 님」이라고 불리는 것에 익숙하지 않은 나는 어색하게 웃었다.

그대로 눈에 익은 통로를 걸어가 임금님이 계신 홀로 안내되었다. 메이드가 문을 열고 재촉하는 것을 따라 안으로 들어가니 임금님과 세르지오 씨, 많은 기사와 시구르스 씨, 웰시 씨, 그리고 카즈키와 이누카미 선배가 있었다.

“오오, 왔는가, 우사토.”

"며칠 만에 뵙습니다."

"그녀가 예의 그 아마코인가?"

임금님의 자상한 눈동자가 옆에 있는 아마코에게 향했다. 그녀는 살짝 움찔거렸지만 임금님을 응시하며 작게 고개를 끄덕였다.

"그렇군. 그럼 모두 모인 듯하니 이야기를 시작하겠네. 우사토, 자네들도 용사들이 있는 곳에서 들어 주게."

"네. 가자, 아마코."

"으, 응."

긴장하고 있었는지 가볍게 어깨를 두드리자 아마코는 꼬리를 쭉 뻗으며 이쪽을 보고 대답했다.

역시 일국의 왕과 만나는 건 긴장되는 일일까. 나는 몇 번이나 만나서 그다지 느끼지 않게 됐지만.

아마코와 함께 이누카미 선배와 카즈키가 있는 홀 가장자리 쪽으로 이동했다.

"안녕, 우사토 군."

"여, 우사토."

"두 사람 다 건강해 보여서 다행이야."

뭐랄까, 이누카미 선배도 카즈키도 요 열흘간 조금 변한 것 같았다.

사소한 변화지만, 두 사람 다 특별한 훈련을 한 걸까. 역시 여행을 떠날지도 모른다고 들었기 때문이려나?

"모두에게 모이라고 한 이유, 그건 타국에 협력을 요청하는 서신을 다시 한 번 보내기로 했기 때문이네. 이것은 대신 및 군단장들과 함께 내린 결론이야. 마왕군과의 두 번째 전투는 첫 번째 전투 때보다도 힘들었네. 우리를 도와준 용사들도 죽을 위험에 처했었고, 구명단이 없었다면 사상자는 셀 수 없을 정도로 많았을 걸세."

떨떠름한 표정으로 일단 거기서 말을 끊은 임금님이 홀을 둘러보았다.

나도 가볍게 둘러보았는데 임금님의 말에 반대하는 표정을 지은 사람은 한 명도 없었다. 오히려 각오한 듯 긴장한 모습이었다.

그 모습을 보고 새삼 이 사람은 경모(敬慕) 받고 있구나 싶었다.

겉과 속이 다르지 않은 올곧은 그이기에 많은 사람이 따랐다. 그리고 한 나라의 형태를 만들어, 주인인 임금님의 성격을 구현한 듯한 나라가 되었다.

"우리도 행동하세. 지금까지 눈앞의 위협에 실컷 겁먹어 왔네. 설령 거절당하더라도, 마왕이라는 위협에 노출된 우리가 그 위협을 전하고 단결해야만 해. 서신을 보내는 건 보름 후, 대륙에 존재하는 많은 나라에 보낼 예정이네."

대륙……인가. 그럼 서신 하나를 보내는 데 많은 사람은 움직일 수 없겠군.

심지어 첫 번째 협력 요청을 거절당했었다면 그저 서신을 보내는 것만으로는 효과가 없을 것이다. 그렇다면—.

"이 임무는 스즈네, 카즈키—."

그 일을 맡는 이는 특별한 자.

즉, 용사.

"그리고 우사토. 자네들에게 부탁하고 싶네."

"그래, 그리고 바로 내가……라니, 어라?"

응응, 하고 주억거리고 있을 때 이름을 불러서 순간 멍해져 버렸다.

이누카미 선배와 카즈키, 그리고 시구르스 씨도 당연하다는 듯이 고개를 끄덕이고 있었다. 아무래도 반대하는 사람은 한 명도 없는 듯했다.

나와 마찬가지로 멍해진 아마코가 「우사토, 굉장한 사람이었구나……」라고 중얼거리는 것을 흘려들으며 임금님께 한 말씀 올리려고 했지만—.

"자네들에게 고생만 시켜서 미안하네."

"아뇨, 저희도 이 나라 사람들이 소중하니까요. 그 임무, 기쁘게 받아들이겠습니다."

"후후후, 여러 나라에 갈 수 있는 건가. 힘들지만 즐거울 것 같아. 우사토 군도 그렇게 생각하지?"

"……네, 그러네요."

가는 것에 이론은 없지만, 그렇게나 중대한 임무를 맡게 됐다는 부담감에 주위 사람들에게 들키지 않도록 작게 한숨을 쉬었다.

그런 내 기분을 아는지 모르는지, 기뻐하며 살며시 미소 지은 임금님이 나랑 아마코에게 시선을 보냈다.

"우사토에게도 미안하네. 허나 자네가 서신을 보낼 곳은 조금 특수해서 말이지."

"특수?"

"그건 나중에 설명하겠네. 아무튼 모두에게 전해야 할 내용은 전했네. 이걸로 이번 회합은 끝이지만…… 스즈네, 카즈키, 우사토, 아마코, 그리고 웰시와 시구르스는 여기 남아 있게."

거기서 임금님은 이야기를 매듭지었다.

홀에 있던 사람들이 줄지어 나갔지만 나랑 아마코, 그리고 이누카미 선배와 카즈키, 시구르스 씨와 웰시 씨는 그 자리에 남아 임금님에게 시선을 보냈다.

응? 낯선 사람이 세 명 정도 있는데…… 누구일까?

고개를 갸우뚱하며 그 삼인조를 보고 있는데 그중 한 명과 눈이 마주쳤고 윙크를 받았다. 굉장히 프렌들리한 사람이네, 라고 생각하며 나는 임금님의 말을 기다렸다.

"우선은 아마코여, 파멸의 미래에서 나라를 구해 주어 고맙네."

"예?!"

사람들을 물린 후, 임금님이 갑자기 아마코에게 머리를 숙이며 감사의 말을 꺼냈다.

임금님의 갑작스러운 행동에 시구르스 씨와 웰시 씨도 허둥거렸다.

하지만 가장 당황한 사람은 다름 아닌 아마코였다.

"모두의 앞에서는 무리였지만 여기서 감사를 표하네. 나라를 구해 준 자네를 되도록 도와주고 싶다네."

"그럼……."

"우사토가 마지막으로 서신을 보내 줬으면 하는 장소는 물의 나라, 미아라크."

"아! 거긴—."

"대륙의 중심을 흐르는 대하(大河)에 위치한 수상 도시지. 그 강 건너 아득히 안쪽으로 들어간 곳에 있는 게 수인의 나라다."

그렇군. 그래서 임금님은 서신을 보낸다는 명목으로 나를 그 미아라크라는 나라에 보내고, 겸사겸사 수인의 나라에 갈 수 있도록 편의를 도모해 주신 건가…….

"하지만 가는 길은 험하다네. 우사토에게는 미안하지만……."

"저희가 부탁한 것이기도 했으니 기쁘게 받아들이겠습니다."

"……미안하군."

오히려 감사해야 할 사람은 이쪽이었다.

"서신을 보낼 나라에 관해서네만……알피, 자네는 우사토를 부탁하네."

"네! 분부 받들겠습니다! 우사토 님과 아마코 님이시죠? 이쪽으로 오세요~."

학자풍 옷을 입고 머리를 땋은 여성이 홀 밖으로 우리를 안내했다.

아까 윙크했던 사람이네.

임금님과 이누카미 선배 일행에게 인사를 하고 통로로 나오자, 기분 좋게 앞서 걷는 여성이 나랑 아마코 쪽을 돌아보고서 들뜬 목소리로 말했다.

"뵙는 건 처음이죠? 저는 알피예요. 이 나라에서 왕궁 학자로 일하고 있답니다. 뭐, 학자라고 해도 꽤 폭넓게 연구하고 있지만, 간단히 말씀드리면 이 나라의 발전으로 이어지는 문헌을 한 장의 보고서로 정리해 로이드 님께 제안하거나, 유사시에 대비해 지식을 축적하는 느낌이죠~. 즉, 기본적으로 한가한 사람이라고 생각하셔도 상관없어요. 이번에는 우사토 님이 서신을 건넬 나라의 지리를 얼추 가르쳐 드릴 예정이에요. 아, 하지만 그렇게 어렵지는 않답니다. 길은 확실하게 만들어져 있으니 몬스터나 도적만 조심하면 몇 달 만에 전부 전달하실 수 있을 거예요."

"우사토, 이 사람, 얘기 길어."

우연이네. 나도 똑같은 생각을 했어.

잇따라 모든 요건을 다 이야기한 알피 씨는 아마코의 말을 듣고서도 생글생글 웃으며 앞으로 나아갔다.

요컨대 서신을 건넬 나라와 지리 등에 관해 이 사람이 여러 가지로 가르쳐 준다는 거구나.

앞장서서 걷는 알피 씨는 내가 아직 가본 적 없는 성의 가장자리 쪽으로 향했다.

창문이 적은 장소에 도착하자 목제 문 앞에 멈춘 그녀가 웃으며 이쪽을 돌아보더니 그 문을 가리켰다.

"여기예요~. 일단 제게 주어진 개인실인데, 사양 말고 들어오세요~."

"아, 네……."

그 말을 따라 방으로 들어가니, 무시무시한 양의 종이와 책이 천장에 닿기 직전까지 쌓인 엄청난 광경이 눈에 들어왔다.

우리가 지나갈 길을 만들기 위해서인지 바닥에 흩어진 종이와 책을 손으로 치우며 알피 씨가 의자와 테이블을 준비해 주었다.

아마코와 내가 곤혹스러워하면서 의자에 앉자 책꽂이를 뒤적이던 알피 씨가 한층 커다란 책 한 권을 꺼내 먼지를 털었다.

"자, 그럼, 지도지도지도…… 아, 찾았다. 응, 그럼 설명할게요."

알피 씨는 그 책 사이에서 큰 지도 한 장을 꺼내 책상에 대충 펼치고 손으로 가리키며 설명을 시작했다.

"지금 저희가 사는 이 링글 왕국은 마왕령에서 가장 가까운 곳에 있는 나라예요."

알피 씨는 커다란 녹색 장소, 아마 마왕군과 싸웠던 평원 지대일 터인 곳에서 조금 떨어진 부분을 가리켰다. 주위에 숲이나 작은 마을로 여겨지는 장소가 드문드문 보이지만 근처에 큰 나라는 없었다.

"그리고 마왕이 지배하는 곳은 평원 지대를 지나는 큰 강 너머에 있고, 녀석들은 강을 넘어서 온 거죠."

"그렇군요……."

"미리 말씀드리자면, 우사토 님과 용사님들은 맨 처음에 같은 곳으로 가실 거예요."

"같은 곳이요?"

각자 서신을 건네러 갈 거면 따로따로 가는 편이 좋지 않나?

"의문스럽게 여기시는 것도 이해해요. 하지만 링글 왕국에서 직접 가려면 도중에 험한 길을 지나야 해서, 다소 돌아가더라도 안전한 길로 가시도록 한 거예요. 따라서 서신 전달 여행은 이곳, 마도(魔導)도시 루크비스부터 시작하는 거죠."

마도도시 루크비스.

아직 잘 모르겠지만, 마도라는 걸 보면 마법을 연구하는 나라인 걸까?

"물론 루크비스에도 서신은 전달할 거예요. 그곳에는 마법에 관해서라면 대륙에서도 1, 2위를 다투는 사람들이 있으니까요. 하지만 마법 소질에 따른 차별도 심하므로 우사토 님은 조심하셔야 할 거예요. 로즈 님에게 치유마법의 기초를 배운 당신이 무심코 학생을 날려 버리지는 않을까 걱정되니까요."

장난스럽게 웃으며 말한 알피 씨를 따라 아마코도 작게 웃었다.

저는 웃을 수 없는데요.

"농담이 심하시네요. 저는 그렇게까지 괴물이 아니에요."

"재밌는 농담이네요~."

활짝 웃으면서 농담으로 치부했어…….

나는 인간이다. 로즈처럼 사람을 핀볼 같이 날릴 만큼 괴력이지 않고, 기절한 인간을 발로 차서 달리게 하는 악마도 아니다.

정말이지, 구명단이라고 해서 나랑 로즈가 똑같이 보인다니 이상하잖아?!

"로즈 님을 괴물이라고 부르다니, 평판대로인 분이신 것 같네요. 그럼 본론으로 돌아가서, 루크비스에 서신을 건넨 다음, 우사토 님은 세 나라를 찾아가 서신을 전달하셔야 해요."

"세 곳이라는 건, 수인의 나라를 포함하면 네 군데인가……."

"아아, 아니에요. 수인의 나라도 포함한 숫자예요. 우선 최종 목적지인 미아라크, 여기 있는 나라예요."

이어서 가리킨 곳은 넓게 펼쳐진 대하가 원형으로 비대해진 장소—그 중심에 나라로 보이는 마크가 놓여 있었다.

링글 왕국에서 멀구나…….

"이곳을 통치하는 여왕에게 서신을 건네야 하고, 또 다른 곳은 루크비스에서 조금 떨어진 데 있는…… 여기예요. 기도의 나라, 사마리알."

"사마리알……!"

그 이름을 듣고 아마코가 움찔 떨며 꼬리를 쭉 뻗었다.

이 나라에 뭔가 있나? 왠지 굉장히 불길한 예감이 든다.

"이곳은, 어떤 의미에서 가장 협력해 줄 것 같은 나라지만, 아인(亞人)을 조금 거북하게 여겨서……."

"그 반응이 과하다는 건가요?"

"그런 거죠. 그러니 이 나라에 들어갈 때 아마코 님께서는 세심한 주의를 기울이셨으면 해요. 들어가는 건 괜찮겠지만, 역시 왕을 알현할 때는 같이 가지 않으시는 편이 좋을 거예요. 그 사정을 알기에 마음이 괴롭습니다만, 수인의 나라로 가는 루트는 용사님들과 반대쪽이라……."

"괜찮아, 사과하지 마. 도와주는 것만으로도 나는 기쁘니까."

기도의 나라인가…….

종교적인 색채가 강할 것 같은데 괜찮으려나……. 나는 신을 그다지 믿지 않으니 그런 것에 영향 받지는 않을 테지만. 만약 거기 임금님이 철저한 아인 배타주의라면 아마코를 들켰을 경우 큰일이 날지도 모른다.

“하지만 생각보다 적네요? 우리가 보낼 서신이 세 개뿐이라니.”

“너무 시간을 들일 수는 없으니까요. 다른 나라들에는 별개의 입장에 있는 기사님이 책임지고 보내주시겠죠. 다만 용사님과 우사토님이 직접 건네러 가는 나라들의 왕은 전부 까다로운 분들이라 그렇게 간단히 협력해 줄 만한 성격은 아니에요. 하지만 그들의 협력을 얻지 않는 한, 마왕과 싸우는 건 무리한 이야기죠.”

“…….”

“그러니 링글 왕국은 이 나라의 주력인 용사님과 우사토 님을 파견하여 성의와 각오를 보이는 거예요.”

……나, 엄청 책임이 중대하지 않아?

“제가 방문한 것 정도로 성의를 보일 수 있는지는 모르겠지만요.”

“그건 우사토 님께 달렸어요. 눈치채지 못하셨겠지만, 이 나라에서 당신을 모르는 자는 없어요. 구명단은 모두에게 생명의 은인이니까요. 타국에도 소문 정도는 전해지지 않았을까요? 믿을지는 별개지만…….”

“저는 유명해져 봤자 조금도 기쁘지 않아요…….”

나는 한숨을 쉬며 어깨를 떨구었다. 소문이 엉뚱하게 퍼지지 않았으면 좋겠는데…….

뭐, 그때는 그때인가.

“그리고 수인의 나라에 관해서인데…… 솔직히 말씀드리자면 저희는 수인의 나라에 관해 그다지 알지 못해요. 미아라크에서 배를 타고 강 건너까지 갈 수 있다는 것 말고는……."

"그건 괜찮아. 우사토에게는 내가 설명해 둘 테니까."

"그런가요? 그렇다면 안심이네요. 여하튼 폐쇄적인 나라라서 자료도 10년 전쯤 된 것밖에 없거든요."

그야 그럴 것이다. 인간이라는 존재에게 차별받고, 꺼려지고, 온갖 고초를 겪고 있는 종족의 나라이니 개방적일 리가 없었다. 교류 따위 있을 수 없겠지.

"여행에는 몇 명쯤 같이 갈 예정인가요?"

"되도록 소수가 바람직하니 다섯 명 정도겠죠. 하지만 우사토 님은 좀 더 적은 편이 좋을지도 모르겠네요. 전장을 달릴 만한 체력이 있으시니 사람이 많으면 움직이기 어려울 테고요."

"아니, 뭐…… 그렇긴 하지만."

훌륭하게 간파당해 버렸다.

이 사람, 내 생각을 꽤 알고 있잖아.

"용사님을 동행시키자는 얘기도 나왔었지만, 최종적으로 향하는 수인의 나라는 최근 몇 년간 두드러지게 된 노예나 차별 등의 문제로 경계심이 높아져 있어요. 잠재적으로 높은 전투력을 지닌 용사님이 간다면 아마코 님이 함께 계시더라도 적대한다고 여겨져서 즉각 공격당할 가능성이 있기에, 결국은 우사토 님을 중심으로 기사가 한두 명쯤 따라가는 게 온당하다고 생각하고 있어요."

"어느 정도 지식과 상식이 있는 사람이 같이 와 준다면 저는 괜찮아요. 확실히 너무 많은 사람이 우르르 몰려가면 수인 측도 과민해질 것 같고요."

아마코가 고개를 끄덕거리고 있는 걸 보면 내가 말한 내용은 완전히 틀린 말은 아닌 듯했다.

그렇다면 누가 같이 와 주는 걸까. 도적에게도 지지 않을 만큼 강한 사람이면 좋겠다.

아, 그 사람이라면 신뢰할 수 있을 것 같다.

"저기, 같이 가는 사람 말인데요, 아르크 씨는 어떨까요?"

"아르크…… 아, 그 수위분! 그렇군요, 그인가요~. 그라면 의외로 박식하고…… 음, 우사토 님은 좋은 안목을 가지고 계시네요."

멋있는 빨간 머리 수위, 아르크 씨라면 도적에게도 지지 않을 테고, 마왕군과의 싸움 때도 우리 구명단을 지켜 준 신뢰할 수 있는 사람이었다.

그리고 밝은 성격의 상식인이다.

"나중에 확인해 볼게요. 그라면 그 자리에서 바로 맡아 주겠죠. 어어, 설명은 끝났고…… 아, 아아아! 깜빡했네요. 수인의 나라에 간 다음 어떻게 할지 말씀드릴게요."

"간 다음? 그렇구나, 우리는 여기로 돌아와야 했지, 참."

완전히 잊어버리고 있었다. 줄곧 수인의 나라에 가는 것만 생각하느라 깜빡했다.

"돌아오는 길은 단순해요. 다시 루크비스로 되돌아가 거기서 링글 왕국으로 오면 되죠. 돌아올 때도 서신을 전달해 주시면 좋겠지만, 역시 거기까지 부탁드릴 수는 없으니까요."

"굉장히 심심한 귀로가 될 것 같네요……."

뭐, 갈 때보다는…… 편하려나? 제대로 사명을 완수할 수 있을지 알 수 없는 상황에 말하는 것도 뭐하지만 말이야.

얼추 다 이야기했는지 알피 씨는 나랑 아마코에게 인사하고서 임금님이 계신 홀에 보고하러 가 버렸다.

아무튼 오늘은 돌아가도 된다고 했기에 그렇게 하기로 했다.

이누카미 선배랑 카즈키와도 이야기하고 싶었지만, 두 사람도 여행 이야기를 듣고 여러 가지 생각할 것이 있을 테니 다음 기회로 미루자. 다행히 출발은 보름 후라서 아직 시간은 있었다.

"그럼 돌아갈까? 데려다줄게."

"응. 고마워."

우리는 아마코의 보폭에 맞춰 걷기 시작했다.

일단 방침은 정해졌다. 세 나라에 서신을 전달하고 아마코네 엄마를 구하러 간다.

"우리가 맨 처음 갈 나라는 루크비스라는 곳인가……. 어떤 나라일까?"

"루크비스에는, 나도 가 본 적 있어."

"그래? 어떤 곳이었어?"

사전 지식으로 알아 둬서 손해는 없으니까.

내 말에 아마코는 한순간 발을 멈췄지만 이내 원래대로 걸으며 입을 열었다.

“마법을 가르쳐 주는 학원이 있어서 어른보다 아이가 많은 곳이었어.”

“오오, 아이가 많구나. 마도도시라고 하길래 마법을 연구하는 할아버지가 잔뜩 있을 줄 알았어.”

내가 가진 이미지로는 긴 수염을 기른 노인이 책을 뒤적이며 묵묵히 마법을 연구하는 느낌이려나. 하지만 아이가 많다고 하니, 내 또래 아이들을 육성하고 있는 걸까?

“마도도시니까 마법을 다루는 사람이 잔뜩 있는 거지?”

“응. 대륙 전체에서 사람이 모이니까 여러 가지 계통의 마법사가 있어. 그리고…….”

거기서 일단 말을 자른 아마코는 내 얼굴을 가리켰다.

“치유마법사도 있었어.”

“……루크비스에도 있는 건가.”

구명단 이외의 치유마법사.

대체 어떤 사람일까. 로즈나 나와는 다른 치유마법을 쓰는 걸까? 루크비스에 가는 게 살짝 기대되기 시작했다.

“너무 기대하지 않는 게 좋을 거야. 그리고 치유마법은 별로 높게 평가되는 마법이 아니니까, 우사토가 상상하는 것과 달라.”

확실히 치유마법은 무계통 마법도 쓰지 못하고, 고치는 능력밖에 없는 마법이었다.

게다가 무계통 마법에는 회복마법이라는 응급용 마법이 있었다. 더욱 간단한 수단이 있다면 치유마법이라는 돌출형 마법에 의지하는 것보다 훨씬 나았다.

마법을 다루는 사람이 많이 모인 루크비스에서 치유마법사는 꽤 눈치 보며 생활하고 있을지도 모르겠다.

"치유마법사를 찾고 있던 너라면 만난 적 있지 않아?"

"……응, 예지 속에서만 얘기했지만."

분명치 못한 말투네.

의아하게 생각하며 이어서 물어보니 그녀는 살짝 머뭇거리면서도 이야기해 주었다.

"예지 속에서, 그랑 얘기하고 바로 알았어……."

"뭘?"

"그는 나를 도울 수 없고, 나도 그를 도울 수 없다는 걸. 그를 둘러싼 상황은 간단하지 않고, 그 자신도 아무도 믿지 못하게 된 상태였으니까……."

아까 너무 기대하지 말라고 했던 것도 그녀가 말한 치유마법사와 관계있는 걸까.

어쨌든 이 이상 묻지 않는 편이 좋을 것 같았다.

"가르쳐 줘서 고마워. 그럼 조금 서두를까?"

"응."

루크비스의 치유마법사인가…….

여러 사정이 있는 듯하지만 한번 만나 보고 싶네.

……아무튼 우선은 로즈에게 오늘 결정된 일을 보고하러 갈까.

***

"—그렇게 됐습니다."

"흐음."

아마코를 데려다 준 후, 나는 훈련장에서 페름의 훈련을 지켜보고 있는 로즈에게 앞으로의 일을 전했다.

"상당히 귀찮은 나라에 가게 됐군. 뭐, 너라면 괜찮겠지."

"그렇게 낙관적으로 봐도 괜찮은 건가요……."

"뭐야, 불안해?"

로즈가 씩 웃으며 이쪽을 바라봐서 나는 포기와 닮은 감정과 함께 무심코 한숨을 쉬고 말았다.

"처음 여기 와서 단장님과 훈련했을 때보다는 덜 불안해요."

"하! 말은 잘하는군."

"자, 잠깐, 나는, 무시냐……."

재밌어하며 껄껄 웃는 로즈 밑에서 힘들게 팔 굽혀 펴기 중인 페름을 보고 나는 뺨을 긁적였다.

그녀를 보고 있으니 내가 여기 들어왔을 때가 떠오르는구나.

보고 있으면 그리운 기분이 든다.

"뭐, 힘내. 나는 더 엄격했으니까."

"읏?! 큭, 네가 할 수 있었다면 나도 당연히 할 수 있다고!"

내 격려에 페름은 땀을 주르륵 흘리며 필사적으로 팔 굽혀 펴기를 했다. 그녀 위에 올라타 있는 로즈는 그런 그녀의 모습에 어이

없어하며 머리를 쓸어 올리더니…….

"슬슬 이 녀석을『숲』에 데려갈 거니까 그동안 집 잘 지키고 있어."

"……빠르지 않나요?"

"이 녀석은 자꾸 편해지려고 꾀를 부려. 그럴 수 없는 곳에 한 번 처넣을 수밖에."

이 악마는 페름의 게으름 피우는 버릇을 강제로 교정할 셈인가.

"……시기는 달라도 누구나 지나는 길이군요."

"너 때가 특별했던 거야. 이 녀석은 근성이 살짝 부족하니 아슬아슬할 때까지 방치할 생각이지만 말이지."

팔 굽혀 펴기에 열중해 눈치채지 못했겠지만, 내일 페름은 지옥과 부조리를 알게 되리라. 하지만 나보다 심한 일은 겪지 않을 테니 그 점은 안심……이려나?

"커……헉……."

갑자기 오버 페이스로 운동한 탓인지 페름이 무너져 내리듯 지면에 털썩 엎어져 버렸다. 그녀가 엎어지면서 그 위에 앉아 있는 로즈도 필연적으로 의자에 앉은 자세에서 방석에 앉은 자세가 되었다.

"쯧, 또인가. 이걸로 몇 번째야? 일어나. 팔 굽혀 펴기 500번 추가다, 이 식충아!"

"크헉…… 읏, 우으…… 우으으……."

"우와, 벌써 몇 번이나 쓰러졌는데 무리했던 거야?"

자리에서 일어난 로즈는 살짝 어깨를 떨고 있는 그녀를 치유마법을 휘감은 발로 차면서 온갖 욕을 내뱉기 시작했다.

점차 울음소리 같은 것이 들려왔기에 나는 말없이 그 자리를 뒤로했다.

이대로 있으면 말려들 것 같았다. 같이 훈련하는 건 상관없지만, 줄곧 나를 원망할 만한 슬픈 일이 페름에게 일어날지도 몰랐다.

아니, 훌쩍이는 소리가 들린 시점에서 이미 일어나고 있는 것 같긴 하지만.

"……응, 힘내."

나의 이 목소리가 그녀에게 닿을 일은, 아마 없을 것이다.

***

다음 날, 마구간에서 블루링에게 아침밥을 주던 내 귀에 익숙한 여자의 비명소리가 들렸다.

왠지 짐작이 가서 블루링과 함께 마구간 밖으로 나와 보니, 커다란 배낭을 짊어진 채 정신을 잃은 페름을 로즈가 안아 들고 숙소에서 나왔다.

제삼자로서 보니 한없이 이상한 광경이었다.

"뀨~."

"우왓!"

무언가가 뒤에서 내 어깨에 확 올라탔다. 옆을 보니 검은 털과 귀여운 빨간 눈이 시야에 들어왔다.

아아, 그런가. 로즈는 이 녀석을 찾고 있었구나.

"쿠쿠루, 단장님이 불러."

아무래도 이 녀석은 나 때처럼 지금부터 『숲』에 가는 페름을 돕는 연기를 하려는 것 같았다. 실제로 이 녀석의 감지 능력에는 도움을 받았지만, 그 숲에서 기른 우정이 가짜였음을 생각하면 어쩐지 굉장히 얄미웠다.

하지만 지금도 이렇게 내 어깨에 올라오는 것을 보면 그런대로 따르고 있는 거려나.

어깨 위에서 털을 고르는 쿠쿠루를 가볍게 쓰다듬으며 그런 생각을 하고 있자, 내 어깨에서 폴짝 뛰어내린 쿠쿠루가 날렵하게 로즈 곁으로 달려가 그 어깨로 올라갔다.

쿠쿠루가 온 것을 확인한 로즈는 이번에는 내 쪽을 보았다.

"그럼 한동안 돌아오지 않을 테니 그동안 부탁한다."

"네! 다녀오십시오!"

날카롭게 노려보며 하는 말에 무심코 존댓말로 대답했다.

내 반응에 만족한 표정을 지은 로즈는 쿠쿠루와 함께 바깥문 쪽으로 걸어갔다.

"크릉……."

발밑에서는 「얼른 밥 내놔, 자식아」라고 말하듯 블루링이 내 다리를 후려치고 있었다.

아아, 그러고 보니 너한테 한창 밥을 먹이고 있었지.

"먹보 녀석, 이걸 원하는 거냐."

"와구…… 와구……."

손에 든 과일을 블루링의 입가로 가져가 먹였다.

전에는 손가락째 먹히는 게 아닐까 무서웠는데 의외로 그런 일은 없었다.

블루 그리즐리는 습성상 사냥감을 지저분하게 먹지 않는 마물이라 먹이를 주면 공손하게 받아먹어 주었다.

"……단장님이 없는 동안 어쩔까."

블루링에게 과일을 먹이며, 루크비스로 출발할 때까지 어떻게 보낼까 생각했다.

오늘을 포함해 14일간 유예가 있었다. 보통은 훈련하면서 컨디션을 망가뜨리지 않는 것이 베스트지만……그것만으로는 너무 변화가 없다.

육체는 여행 중에도 단련할 수 있을 것이다. 그렇다면 지금 여기서만 할 수 있는 일을 해야 하지 않을까?

여기서만 할 수 있는 일…… 공부?

그건 로즈에게 받은 책을 열심히 읽으면 어느 정도 괜찮다.

그럼 격투기나 검술?

애당초 때리고 차는 것밖에 못 하는, 격투기 경험 전무인 내가 열흘 정도 만에 제대로 배울 수 있을 리가 없다. 하지만 일단 조금이라도 알아 둬서 손해는 없으니 이것도 생각해 두자.

"남은 건…… 치유마법, 이려나?"

생각해 보면 나는 치유마법에 관해 조금밖에 몰랐다. 상처와 피로, 그리고 질병을 고칠 수 있다는 막연한 개념만 알 뿐이었다.

그렇다면 로즈가 없는 이 시기에 치유마법에 관한 이해를 높여서 더 능숙하게 쓸 수 있도록 연습하면 되지 않을까?

다행히 이 나라에는 로즈만큼 굉장한 치유마법을 쓰는 사람이 있었다.

"훈련이 끝나면 가 볼까?"

"크릉……."

"아아, 미안. 손이 멈춰 있었구나."

다시 한 번 블루링에게 과일을 주며 지금부터 여행을 떠나기 전까지 할 일을 생각했다.

로즈와 동등한 치유마법을 쓰는 사람— 올가 씨라면 잘 알고 있을 테니 이것저것 가르쳐 줄 것이다.

오늘은 평소보다 일찍 훈련을 끝내고 진료소에 가 보자.

***

"스즈네 님, 어디 가십니까?"

"응? 구명단에."

해가 꽤 높이 뜬 시간대, 약간의 휴식 시간을 받은 나는 우사토 군이 있는 구명단으로 발걸음을 옮기고 있었다.

그 도중, 성문을 지나려고 할 때 아르크가 말을 걸어왔다.

"우사토 님이 계신 곳 말입니까?!"

"으, 으응."

유난히 말끝에 힘이 들어간, 후배 같은 말투를 쓰는 그의 기세에 눌리면서도 고개를 끄덕였다.

그는 성 수비의 열쇠인 성문을 경비하는 기사 중 한 명으로 시구르스도 인정하는 실력자였다.

근위 기사나 대장 같은 직책은 맡지 않고서, 스스로 지원하여 성문을 지키는 별난 사람이라는 것 같았다.

뭐, 실력이 없다면 왕국 밖에서 훈련할 때 수행원으로 발탁되지 않았을 것이다.

그때는 내 부주의로 우사토 군까지 함께 행방불명되어 버렸었다. 그 후, 아르크는 잠도 아끼면서 우리를 찾아 주었다.

그런 점을 보면 그가 얼마나 성실하고 올곧은 사람인지 알 수 있었다.

"우사토 님이라면 아까 거리 쪽으로 가시는 걸 봤습니다."

"거리에? 그럼 그쪽으로 갈까……."

마도도시 루크비스에 있다는 마도학원에 관해 이것저것 들어 줬으면 했는데…….

이세계 마도학원에 큰 기대를 가지고 있는 나의 이 뜨거운 마음을 어디에 발산하면 좋지?!

"맞다. 혹시 루크비스에 관해 뭐 아는 거 있어?"

"알고 있습니다. 그곳은…… 좋은 곳, 이라고 하기는 어렵지만, 마법을 배우기에는 최고의 환경이라고 생각합니다."

"그렇다는 건, 너는……."

"예. 저도 한때는 루크비스에서 마법을 배웠습니다. 잘하는 거라고는 마법과 검뿐이고 다른 건 아예 못했지만 말이죠……."

하하하, 하고 아르크는 상쾌한 목소리로 웃었다.

하지만 내가 봐도 아르크는 그런대로 강했다. 화염 계통 마법을 쓴다고 들었고, 검 실력도 상당했다.

고개를 기울이고서 「으음……」 하고 생각에 잠겨 있으니, 내 생각을 대충 헤아린 아르크의 동료 기사 두 명이 팔짱 끼고서 고개를 끄덕이며 중얼거렸다.

"아르크 씨가 어려워하는 건 궁술이나 봉술 정도밖에 없지 않습니까. 스즈네 님, 이 사람은 그럴 마음만 먹는다면 근위 기사도 될 수 있는 사람입니다."

"맞습니다. 왜 출세하길 싫어하는지 늘 궁금할 정도입니다."

"너, 너희들……."

동료들의 악담 아닌 악담에 동요하며 아르크가 평소 모습으로 돌아왔다.

"응? 그건 무슨 뜻이지?"

나는 그런 그에게 마침 잘됐다는 듯이 질문을 던졌다.

아르크는 쓰게 웃으며 손을 가로저었지만, 빠져나갈 수 없음을 깨달았는지 힘이 빠진 것처럼 팔을 내리고 쑥스러워하면서 머리를 긁적였다.

"저는, 요령이 없어서…… 하나밖에 못 지킵니다."

"그럼 근위 기사여도 괜찮지 않아……?"

근위 기사가 지키는 것은 주인인 로이드 왕이다. 그걸로는 안 되는 걸까?

"아뇨, 근위 기사는 로이드 님을 중심으로 그때그때 지키는 대상이 달라집니다. 그래서야 요령 없는 저는 제대로 일하지 못합니다. 그래서 이곳을 지키고 있습니다."

아르크는 얼굴을 성문 쪽으로 휙 돌렸다.

견고한 성벽은 누구의 침입도 허락하지 않겠다는 것처럼 우뚝 솟아 있었다.

"이곳을 지켜 내면 누구도 침입할 수 없습니다. 따라서 성안 사람들이 다칠 일도 없습니다. 성문을 돌파당하면 끝이지만 말이죠!"

아르크는 장난스럽게 웃었지만, 그 모습을 보고 나는 남몰래 전율했다.

흡사 열혈 주인공이지 않나!

카즈키 군과는 다른 의미에서 미남이었다.

"하지만 한동안 성 수비는 동료에게 맡길 겁니다."

"응? 왜?"

의문을 담아 고개를 갸웃하자 갑자기 예의 바르게 발을 착 붙인 아르크가 등을 곧게 펴고 오른쪽 주먹을 가슴 앞에 올렸다.

"저, 기사 아르크는! 구명단, 우사토 님의 여행에 조력하게 되었습니다!"

그는 자랑스럽게 그리 말했다.

"……뭐?"

"하하하, 저도 깜짝 놀랐습니다. 성에서 일하는 사람한테 어제 전달받은 일이니까요."

얼빠진 목소리가 나오는 것도 어쩔 수 없었다.

같이 갈 기사를 어제 정했다니 놀라웠다.

역시, 역시 우사토 군! 빈틈없었다. 그리고 아무렇지도 않게 유능한 그를 고르는 점이 얄미웠다.

아니, 그는 아르크에게서 우러나오는 주인공 기질을 눈치채고 있었던 거겠지.

"후, 후후후……. 우사토 군, 완패야. 아르크, 우사토 군을 잘 부탁해."

"네!"

압도적인 패배감과 함께 거리를 향해 걷기 시작했다.

그와 함께라면 우사토 군도 괜찮겠지.

어지간히 강한 적이 아닌 이상, 우사토 군이라면 사지 멀쩡하게 도망칠 수 있을 테고.

게다가 미래를 예지하는 아마코까지 있으니 더욱 안전할 것이다.

……이거, 너무 철벽이라 어떻게 쓰러뜨리라는 건지 알 수 없는 파티가 완성되겠는데?

"그렇다는 건……."

문제는 나인가.

내가 가는 곳은 용사 신앙이 두터운 나라, 캄헤리오. 그리 멀지 않은 나라지만 여러 가지로 귀찮아질 것 같았다.

너무 인기가 많아서 귀찮을 것 같아!

"……안 되겠어, 생각하니 점점 우울해져."

하지만 용사인 내가 가면 틀림없이 협력해 줄 나라라고 하니 안 갈 수는 없었다. 이야기만 들어도 체할 것 같았다.

***

오전 훈련을 마친 후, 나는 홀로 거리의 진료소에 찾아왔다.

거리 사람들은 나를 봐도 저번처럼 크게 소란 피우지 않게 되었다. 하지만 따뜻하긴 해도 낯간지러운 시선이 느껴졌다.

뭐, 예전에는 블루링을 업고 달렸으니까 별로 달라진 느낌은 안 드네.

"안녕하세요~."

나는 문을 열고 인사했다.

실내는 변함없이 구명단과 비슷하게 청결했다. 오랜만에 와서 감회에 젖어 있으니 진료소 안쪽에서 「네~」 하는 목소리와 함께 우루루 씨가 잔달음질로 나왔다.

"어라? 우사토 군이잖아!"

"안녕하세요, 우루루 씨. 오늘은 올가 씨한테 용건이 있어서 왔는데…… 바쁘신가요?"

"아니, 괜찮아. 오늘은 환자분이 안 오는 좋은 날이니까~."

좋은 날, 인가?

확실히 환자가 오지 않는 날은 부상자나 병자가 없다는 뜻이었다. 응, 좋은 날이다.

기분 좋게 생글생글 웃는 우루루 씨를 따라가며 이번에 온 목적을 가볍게 설명했다.

"흐응~, 오빠한테 치유마법을……. 응, 좋다고 생각해. 오빠의 장점은 그것뿐이니까!"

우루루 씨는 올가 씨에게 의외로 엄격했다.

본성은 독설가일지도 모른다.

"그런데 우사토 군, 꽤 굉장해졌더라~. 들었어~. 이번에는 로즈 씨랑 대련했다며~?"

"예? 아니에요."

그게 무슨 소리지? 어디서 그런 헛소문이 퍼진 거야?

"어? 그래? 아, 아하하하! 확실히 그러네. 로즈 씨랑 대련 같은 걸 하면—."

"일방적으로 맞았을 뿐이에요."

"죽을 테…… 뭐?"

어차피 대련하더라도 일방적으로 맞을 것은 변함없었다.

나는 그저 거북이처럼 버티며 그 일격을 피할 수 있을 때까지 노력했을 뿐이었다.

"이야~ 진짜 열심히 했다니까요. 하지만 끝나고 보니 단장님도 꽤 봐줬던 것 같아요. 제가 아직 살아 있는 걸 보면 말이죠. 그보다 왜 저랑 단장님이 대련했다는 소문이 돈 거죠?"

"……아하, 아하하하하, 구명단 훈련장에서 울려 퍼지는 소리를 이상하게 여긴 아이가 보러 간 모양인데, 로즈 씨랑 싸우는 우사토 군을 봤다며 울면서 말하길래……."

그래서 그런 소문이……. 로즈랑 내가 싸움이라……. 내가 필사적으로 생명의 위험을 호소하던 때 이야기일까? 존댓말이고 뭐고 상관없이 목숨을 구걸했던 기억이 난다.

그래도 속행했지만.

"그건 그렇고 힘들었겠구나……. 아, 여기가 오빠 방이야."

"고맙습니다."

우루루 씨가 문을 두드리고서 「우사토 군이 왔어~」라고 큰 목소리로 말하자, 살짝 지친 기색이 느껴지는 「들어와도 돼」라는 목소리가 들렸다.

문을 열고 안으로 들어가니 검소한 방 한구석에서 책상 앞에 앉아 있는 올가 씨의 모습이 시야에 비쳤다.

"병석에서 일어난 지 얼마 안 됐는데 죄송해요, 올가 씨."

"딱히 상관없어. 다른 사람과 만나는 건 내 소소한 즐거움이니까."

우루루 씨의 오빠, 올가 플레르. 로즈 수준의 치유마법을 사용하는 이 진료소의 주인이자, 지금부터 내가 가르침을 청하려는 사람이었다.

"과연, 여행을 떠나기 전에 치유마법을 수련하는 거구나."

일단 여기 온 이유와 각국에 서신을 보내게 됐다는 것을 설명했다.

올가 씨는 내 이야기에 계속 고개를 끄덕이며 무언가를 생각하는 모습이었지만 거절하려는 분위기는 아닌 것 같았다.

"내게 가르침을 청할 필요는 없지 않을까? 우사토 군이라면 금방 나보다도 굉장한 치유마법사가 될 테고."

"그래도 단장님이 숲에 가 계신 지금, 올가 씨에게 배우고 싶어요!"

"으, 으음……나는 우사토 군처럼 몸이 강하지 않고……."

팔짱 끼고서 고민스럽게 끙끙거리는 올가 씨.

그런 올가 씨에게 우루루 씨가 손을 들고 조언했다.

"그럼 시험 삼아 우리의 치유마법을 비교해 보자. 그렇게 하면 우사토 군과 우리의 치유마법이 어떻게 다른지 알 수 있을지도 몰라. 우사토 군도 상관없지?"

"괜찮아요."

"그럼 해 보자~!"

"나한테는 물어보지 않는구나…… 하하하."

쓰게 웃으면서도 올가 씨는 손을 내밀었다. 활짝 웃는 우루루 씨의 시선을 받고 나도 손바닥으로 치유마법을 방출했다.

내 치유마법의 색은 이 세계에 소환되고 곧장 수정으로 마력 계통을 측정했을 때와 비슷한 연한 초록색이었다.

우루루 씨는 나보다 약간 짙은 녹색이지만 그렇게 큰 차이는 없었다.

그러나 올가 씨는—.

"역시……."

짙었다.

투명함은 남아 있으면서도 새잎 같은 짙은 녹색이었다. 되짚어 보면 로즈의 치유마법도 나보다 짙었는데, 지금 올가 씨의 치유마법보다도 짙은 녹색이었다.

"올가 씨, 평소에 마력을 어떻게 다듬으세요? 저는 특별히 의식하지 않고 발동해서 이런 연두색인데……."

"그건 나도 마찬가지야. 내 치유마법은 우사토 군이나 우루루와 살짝 달라서 천성적인 거거든."

"천성적……."

"내 치유마법은 병을 고칠 정도의 효과가 있어. 그 대신 자기 자신에게 치유마법을 거는 건 굉장히 어려워. 한심한 이야기지만 말이지…… 아하하하."

혹시 색의 농도에 따라 고칠 수 있는 단계가 다른 건 아닐까?

지금껏 막연하게 방출했던 치유마법의 빛을 바라보며 천천히 주먹을 쥐었다. 지금 이 주먹에 깃든 빛은 이 세계에서 처음으로 치유마법을 사용한 이후로 전혀 바뀌지 않은 연한 녹색인 채였다.

"내가 알기에 치유마법으로 병을 고치는 건 단순히 외상을 고치는 것과 이것저것 달라. 몸속의 병을 치유하는 거지. 알겠어? 우사토 군, 『고치는』 게 아니라 『치유』하는 거야."

"……나는 잘 모르겠지만, 오빠의 치유마법은 우리보다 한 걸음 앞에 있다는 거야?"

"그러네, 틀린 인식은 아니라고 생각해."

내 치유마법보다 한 걸음 앞에 있다.

로즈라면 뭔가 알고 있을지도 모른다.

하지만 어쩐지 이건 내가 스스로 알아내야만 할 것 같았다.

치유마법의 색이 연하다면, 단순히 짙게 만들면 똑같은 효과가 되는 게 아닐까?

올가 씨와 내 치유마법의 차이가 색의 농도라면, 내 치유마법이 올가 씨의 것과 똑같은 색깔이 되면 병을 고칠 수 있게 되지 않을까?

내가 아는 로즈라면 어떤 방법으로 그렇게 할까—.

"……힘으로 밀어붙이겠지."

나는 마력을 증가시키지 않고 그대로 집중해 보았다.

흘러나오던 치유의 빛이 손 표면을 덮을 만큼 수축했고, 그 상태로 마력을 쏟아붓기 시작했다. 색이 옅다면 마력 농도를 올리면 된다고 생각해서 해 본 것이지만, 실제로는 전격이 내달리듯 마력이 지글지글 솟구쳤다.

"우사토 군, 뭐 하는 거야?"

"예? 마력을 쏟아붓고 있을 뿐인데요."

손에서 눈을 떼지 않고 그대로 마력을 쏟아부으니 차츰 손 표면을 덮는 치유의 초록빛이 점점 진한 색을 띠어 갔다.

이거 되겠는데……?

그렇게 생각한 순간, 옆에서 내 손을 들여다보던 올가 씨가 숨을 삼킴과 동시에 내 팔을 붙잡았다.

"우사토 군! 지금 당장 그걸 멈춰!"

"예?"

조금만 더 하면 성공할 것 같은데?! 라고 말하려던 순간, 마력을 붓고 있던 내 오른손이 빛을 내뿜었고— 터졌다.

＊＊＊

"죄송해요, 올가 씨. 폐를 끼쳤네요……."

"그건 상관없지만, 아까 같은 일은 너무 무리하게 하지 마. 우루루도 걱정하니까."

진료소 문 앞에서 걱정스러운 표정으로 배웅해 준 올가 씨에게 인사하고 그 자리를 뒤로한 나는 큰길로 나왔다.

북적거리는 길을 걸으며 손을 보고 작게 한숨을 쉬었다.

"하아……."

내 손에서 빛이 용솟음친 뒤로 한 시간 정도가 지났다.

그 후, 내 손은 확실히 짙은 색 치유마법에 감싸였다. 하지만 다음 순간, 축적된 마력을 버티지 못했는지 내 손은 글자 그대로 파열했다.

파열했다고 해도 손 자체가 펑 터진 건 아니고, 베인 상처 같은 게 손에 생기며 그리로 마력이 새어 나갔을 뿐이었다. 겉모습만큼 심한 상처는 아니었다.

하지만 여기서 놀란 것은 전개하고 있었을 터인 치유마법이 발휘되지 않았다는 점이었다. 물론 다친 후에 평범한 치유마법을 걸자 원래대로 나았다.

올가 씨가 말하길, 내가 한 방법은 상당히 위험한 시도였다고 한다.

하지만 내가 얻은 것도 있었다.

"치유마법이 치유할 수 있는 범위는 마력의 농도에 따라 달라."

그것이 이번에 여기 와서 알게 된 법칙이었다.

그리고 하나 더 알게 된 사실이 있었다. 치유마법은 마력의 색이 진해질수록 자기 몸을 고칠 수 없게 된다는 점이었다.

실제로 축적된 치유마법이 파열했을 때, 짙은 상태로 있었던 치유마법으로는 손에 생긴 상처를 고칠 수 없었다. 천성적으로 짙은 치유 마력의 빛을 가진 올가 씨가 자신에게 치유마법을 걸기 힘들어하는 것도 납득이 갔다.

"시도해 볼 가치는 있겠어."

몇 번 반복하면 감각도 잡힐 것이다.

마력의 농도를 높이면 올가 씨나 로즈 수준으로 부상자를 빨리 고칠 수 있게 될 테고, 지금까지 어렵다고 여겼던 병에 걸린 사람도 치유할 수 있게 되리라.

그러기 위해서는—.

"연습뿐인가."

다시 오른손에 치유의 빛을 모아 농도를 짙게 만들어 갔다.

이 새로운 훈련의 좋은 점은 어디서든 할 수 있다는 거네.

"우사토 군~!"

"응? 어라? 이누카미 선배."

뒤에서 목소리가 들려 돌아보니 이누카미 선배가 활짝 웃으며 손을 흔들고 있는 것이 보였다.

달려온 그녀는 다소 흥분한 기색으로 내게 말했다.

"뜬금없지만 어떻게 아르크의 주인공 기질을 간파한 거야?!"

"갑자기 무슨 소리인가요."

정말로 뜬금없네.

새로운 훈련을 위해 돌아갈 생각이었지만 조금만 더 거리를 돌아다니기로 할까.

"잠깐만 기다려 주세요. 스읍, 하아…… 좋아, 됐어요."

"그 심호흡은 무슨 뜻이야……. 나랑 얘기하는 게 그렇게 귀찮아? 우사토 군."

"하하하, 그렇지 않아요."

"그럼 왜 나랑 눈을 맞춰 주지 않는 거야?!"

살짝은 그렇게 생각하지만.

그렇게까지 싫지는 않다는 사실은 굳이 말하지 말자.

제6화 여행에 나서다!

숲에 갔던 로즈와 페름이 돌아왔다.

열흘 정도 걸렸나? 페름은 나랑 비슷한 시간을 숲에서 보낸 것 같았다.

숲에서 돌아온 그녀는 이 세상 모든 것에 지친 듯한 표정이었다. 공허하게 「배신당했어……」라고 중얼거리고 있었으니 그 내숭 토끼에게 나와 똑같은 꼴을 당한 거겠지.

하지만 돌아온 페름은 뭐랄까, 정신적으로 늠름해진 느낌이 들었다. 어디까지나 그런 느낌이 드는 것일 뿐이라 꼭 그렇다고는 할 수 없지만 말이지.

로즈와 페름이 숲에 가 있는 사이에 몇 가지 일이 있었다.

먼저 임금님이 각국에 서신을 보내겠다는 취지를 대대적으로 공표했다. 이것은 마왕군과 싸울 때와 똑같은 흐름이라 특별히 별난 일은 아니었다.

그리고 아르크 씨가 내 여행에 같이 가게 됐다고 말하러 와 준 거려나?

사람이 너무 많아지면 움직이기 힘드니 인원수는 최소한으로 해 달라고, 혹시나 하는 마음에 성으로 돌아가는 아르크 씨에게 전해 두었지만 그 부분은 어찌 될는지…….

"으음……."

그런 일이 있는 동안, 나는 로즈와 페름이 돌아올 때까지 계속 치유마법 훈련에 힘썼다.

결과만 말하자면 그다지 진전이 없었다. 마력을 짙게 하는 것도 조작하기 어려웠고, 마력이 버티지 못했다.

이건 이제 직감의 영역이었다. 자신의 마력이 가장 안정되는 형태로 농도를 고정한다.

그것이 꽤 어려웠다. 몇 초 정도라면 유지할 수 있지만 긴장을 늦추면 바로 무산되어 버렸다.

"어렵네."

훈련장에서 추로 쓰는 바위 위에 앉아 계속 마력을 다듬어 봐도 전혀 안정되지 않았다.

여행을 떠나는 날이 내일로 다가왔는데 눈에 띄는 진보가 보이지 않아서 답답했다.

지금까지는 로즈 덕분에 훈련하면 눈에 보이게 체력도 붙었고 치유마법도 쓸 수 있게 됐었다. 힘들다고 느꼈던 훈련도 노력에 걸맞은 결과가 있기에 힘낼 수 있었다.

"생각대로 안 되는 건가……."

책상다리로 앉은 채 손에 마력을 모아 짙게 만들었지만 집중력이 부족한지 이번에는 간단히 무산되어 버렸다.

역시 열흘 만에 습득할 수 있는 게 아닌 걸까…….

"어이, 우사토."

"네?! 아, 단장님? 무슨 일이세요?"

그때, 로즈가 소리도 없이 다가와서 깜짝 놀라 바위에서 뛰어내렸다.

"너, 방금 그건……."

"……예?"

응? 뭐지? 곤혹스러워하고 있어? 지금껏 본 적 없는 반응을 보인 그녀는 치유마법을 휘감고 있는 내 손을 잡아 올렸다.

"마력을 덧붙이는 건 언제 배운 거지?"

"죄, 죄송합니다! 뭔가 하면 안 되는 거였나요?!"

"질문에 대답해."

뭐야, 나 뭔가 저지른 거야? 올가 씨도 화냈었고, 역시 위험한 훈련이었던 걸까?

나는 겁먹은 채 그녀에게 조금 전 훈련에 관해 설명했다.

"오, 올가 씨의 치유마법을 보고, 제 나름대로 마력의 색을 진하게 만들 수는 없을까 시도하고 있었을 뿐입니다!"

"올가~? 그 녀석의 마력을 보고 그렇게 한 건가?"

내 손을 탁 놓은 로즈는 팔짱을 끼고서 생각에 잠긴 채 이쪽을 보았다.

몇 초 침묵한 끝에 초승달 모양으로 입꼬리를 비튼 로즈가 손으로 입가를 가리며 작게 웃기 시작했다.

이 사람이 웃으면 솔직히 무서운데…….

"큭, 하하하……."

"저기, 왜 그러세요?"

마침내 미쳐 버렸나?!

아무렇지도 않게 실례되는 생각을 하고 있으니 한바탕 웃은 로즈가 내 머리에 손을 올리고서 멋지게 웃어 보였다.

엄청 무서운 웃음— 이런 웃는 얼굴은 본 적이 없었다. 자연스레 양팔을 자유롭게 하여 무슨 일이 일어나도 괜찮도록 아픔에 대비했다.

그러나 겁먹고 있는 나를 내버려 둔 채 로즈는 그대로 머리를 쓰다듬고서 만족스럽게 다시 웃음을 흘렸다.

"그건 치유마법의 특성 같은 거야. 이미 눈치채고 있겠지만, 그 마력의 색이 진해질수록 남에게 주는 치유의 힘은 강해지고 자신에 대한 치유력은 약해지지."

"……역시 그랬던 건가요."

"그걸 벌써 네가 할 수 있을 줄은 몰랐어. 잘못 사용하면 죽을 가능성도 있으니까. 하지만 해 버렸으니 어쩔 수 없지. 간단하진 않지만, 계속 하다 보면 어느 정도 네 걸로 만들 수 있을 거다. 크크크, 설마 스스로 깨달을 줄이야. 나도 예상 밖이었어."

요컨대 지금 진전이 없다고 느끼는 것은 당연한 일이고, 엄청난 시간이 드는 훈련이라고 생각하면 되는 걸까? 뭔가 힘낼 수 있을 것 같다.

"저기, 요령 같은 건 없나요?"

"계속 반복해. 이 기술엔 지름길 따위 없어. 지금까지와 똑같아.

지금까지의 훈련을 할 수 있었다면 이것도 가능할 거다."

계속 반복한다, 즉, 그 방법 외에 요령 같은 건 없다는 뜻이었다. 그렇다면 지금까지 그래 온 것처럼 노력하면 될 뿐인가…….

나는 아직 더 앞으로 나아갈 수 있다.

마침내 전진할 수 있음을 깨달은 나는 펼쳤던 손을 세게 움켜쥐었다.

"아, 맞다. 전하는 걸 깜빡했는데, 서신 전달 임무가 내일로 다가왔다. 내일 몇 시에 출발할지 전달받았지. 넌 환송 같은 걸 별로 안 좋아할 것 같으니 이른 아침에 문 앞에서 기다리고 있어. 아마코도 데려가고."

"아, 네, 알겠습니다."

"잠시 기다리고 있으면 곧 용사 일행이 올 거다. 거기서 합류해."

환송이라니, 이 나라 사람들이 환송해 준다는 걸까? 이미지상으로는 마차를 타고 환성과 함께 거리를 지나가는 느낌인데…… 응, 확실히 별로 좋진 않네.

선배랑 카즈키는 참가할 수밖에 없겠지만.

"짐 같은 건요?"

"평상복과 단복은 가져가. 나머지는 꼭 필요한 것만 챙기면 돼. 그 곰을 데려갈 거면 녀석한테도 뭔가 들게 해. 끈으로 동여매 두면 충분하잖아?"

꼭 필요한 짐이라……. 로즈에게 받은 책이랑 단검이랑 수첩, 약간의 휴대 식량 정도면 되려나?

"또 뭐 궁금한 거 있어?"

"으음, 지금은 없어요."

"그래? 그럼 여행 떠나기 전에 한 가지 가르쳐 줄 게 있다."

"뭔가요?"

바깥 세계는 위험이 가득하니 뭔가 조언해 주려는 걸지도 모른다.

기본적으로 그녀의 말은 틀리지 않기에 정신 바짝 차리고 귀를 기울이니, 눈앞의 그녀는 주먹을 들고서 사납게 웃었다.

"치유마법을 깔보는 별 시답잖은 녀석과 엮였을 때는 망설이지 말고 날려 버려도 돼."

"그거 여러 가지로 위험하니까 안 된다고요!"

정말이지 폭력적인 조언이다!

"표면적인 결로만 우열을 가릴 줄 아는 녀석의 한계 따위 뻔하지. 한 방 날려 주면 정신 차릴 거다."

"어, 어어어……."

일단 그녀의 감사한 말을 받아들이면서 몇 가지 위험한 대화를 나누었다.

이 사람, 끓는점이 낮은 건지 높은 건지 알 수가 없어서 언제 무슨 짓을 할지 정말로 모르겠어.

역시 우리 단장님이야.

"대충 다 전했군. 너는 내일 필요한 걸 준비해. 어두워진 다음에는 늦어."

"알겠습니다."

"나는 돌아가마. 서신 전달 여행은 좋은 쪽이든 나쁜 쪽이든 너에게 어떤 영향을 주겠지. 기대하고 있겠어, 우사토."

그렇게 중얼거린 그녀는 훈련장 밖으로 향했다.

그녀의 뒷모습을 바라보던 나는 그녀의 말을 반추하듯 중얼거렸다.

"기대하고 있겠어, 인가……. 기쁘잖아, 젠장!"

나, 이렇게 단순한 남자였나?

칭찬해 준 사람이 로즈여서 기쁜 걸까? ……그럴지도 모른다. 이러니저러니 해도 나는 저 사람을 신뢰하고 있었다.

이 세계의 스승으로서 존경하고 있었다.

"그럼 내일 일정도 들었고, 준비해볼까?"

블루링에게 맞는 가죽 벨트도 마련해 둬야지.

그렇게 생각한 후 크게 기지개를 켜며 숙소 쪽으로 걷기 시작했을 때, 훈련장 나무 그늘에 누군가가 있는 것을 눈치채고 발을 멈췄다.

"뭐 해? 페름."

"윽……."

움찔한 목소리가 들린 후, 한없이 불만스러운 눈을 한 페름이 나무 그늘에서 나왔다.

그녀는 내게서 시선을 돌리더니 어색하게 입을 열었다.

"휴가를 받아도 나는 거리로 못 나가니까 산책이라도 할까 싶었는데…… 널 발견했어."

지금은 얌전하지만 얼마 전까지는 서로 적이었다.

그야 거리에는 못 나가겠지. 아무리 여기 사람들이 관대해도 말이야.

"아~ 그렇구나. 근데 왜 숨어 있었어?"

"네, 네가 싫으니까."

어째서 이렇게까지 싫어하는 걸까.

아니, 싫어하는 건 당연하겠지. 그렇게나 두들겨 팼으니…….

…….

뭐, 싫어한다면 어쩔 수 없나.

나도 내일 떠날 준비를 해야 하니 서두르자.

"하아……, 뭐, 모처럼 받은 휴가니까 잘 쉬도록 해."

"잠깐."

"응?"

페름 옆을 지나가려고 하는데 갑자기 팔을 붙잡혔다.

"너, 내일 어디 가는 거야?"

"어라, 그러고 보니 말 안 했나?"

"……알려 줘."

"어?"

"어디 가는 건지 알려 달라고!"

싫어하고 캐묻고, 바쁜 아이네.

매우 필사적으로 캐묻는 그녀를 보고 그렇게 생각한 나는 서신 전달 여행에 관해 간단히 설명했다.

그러자 그녀는 화난 모습으로 더욱 따지려고 했지만 이내 그만두고 고개를 숙여 버렸다.

"왜 그래? 아, 혹시 내가 없어서 쓸쓸—."

"……!"

말없이 정강이를 걷어차였다.

무슨 이유인지는 알 수 없지만 이 아이는 뭔가 마음에 안 들면 내 다리를 찼다.

이 정도 아픔에는 익숙했기에 표정으로는 드러내지 않았으나, 마족이기 때문인지 저릿할 정도로는 아팠다.

농담이었는데 정말로 쓸쓸했던 걸까.

"……큭."

"잠깐만, 설마 진짜로 쓸쓸—."

"너 혼자 이 지옥에서 빠져나가다니 치사해!"

"……아, 그런 거구나."

한순간 내 얼굴을 본 그녀는 짜증 난 모습으로 한 번 더 내 정강이를 찼고, 내가 가려던 방향과는 반대쪽으로 달려가 버렸다.

두 번째는 비교적 세게 차여서 살짝 욱했다.

나도 말이죠, 화낼 때는 화낸다고요.

"아니아니, 진정해."

무심코 로즈스러운 생각을 할 뻔했지만, 이곳 생활에 관해서는 그래도 내가 선배였기에 마음을 가라앉히며 달려가 버린 그녀를 냉정하게 응시했다.

……가만두는 편이 좋을지도 모르겠네. 내가 여행을 떠나는 건

결정된 일이고, 이제 와서 바꿀 수는 없었다.

그보다 지옥이라니.

"하아……."

뭐, 넓은 마음으로 그녀를 용서하자.

인간으로서 살짝 성장한 기분을 느끼며, 내일 떠날 준비를 하기 위해 숙소 쪽으로 걸음을 옮겼다.

***

서신 전달 여행을 떠나는 날 아침, 나는 이 나라 사람들이 일어나기 시작하는 때보다 조금 이른 시간에 아마코가 사는 과일 가게 앞으로 왔다.

"금방 익숙해질 테니까 참아 줘……."

나는 새하얀 구명단 단복을 입고 필요한 물건을 꾹꾹 눌러 담은 가방을 멘 매우 눈에 띄는 모습이었지만, 그보다 눈에 띄는 것은 옆에서 크릉크릉 낮게 울고 있는 블루링일 것이다.

블루링의 몸에는 짐을 고정하기 위한 벨트가 움직임을 방해하지 않을 수준으로 감겨 있었다. 짐은 최대한 내가 들려고 했지만 익숙하지 않은 벨트 때문인지 다소 언짢은 모습이었다.

나는 쓰게 웃으며 블루링의 코를 쓰다듬고 과일 가게를 보았다.

가게 안쪽에서 아마코와 한 여성이 나왔다.

가게에서 조금 떨어진 곳에 있는 내게는 들리지 않았지만, 여성은 아마코에게 뭔가 한두 마디 이른 후에 자상하게 아마코를 끌어 안았다.

아마코는 눈을 깜박이며 놀랐으나 이내 꼬리와 어깨를 떨면서 고개를 숙이고 말았다.

"……."

아마코에게도, 저 여성에게도 괴롭겠지.

숙연한 기분을 느끼면서 되도록 방해되지 않게 두 사람을 지켜보고 있으니, 아마코를 손에서 놓은 여성이 나를 보고 깊이 고개를 숙였다.

『이 아이를 잘 부탁합니다.』

그렇게 말하는 것 같았다.

아마코를 지금까지 지켜 온 사람은 그녀였다.

『아마코를 지킨다』는 중요한 임무를 그녀에게서 이어받게 된 것이다.

"……무겁네."

스스로를 타이르듯 작게 말하고 이쪽으로 걸어온 아마코를 보았다. 아마코에게 무슨 말을 하면 좋을지 생각해 내지 못하는 자신이 싫다고 느끼면서도 필사적으로 말을 짜내려고 하자 아마코가 옷자락을 잡아당겼다.

"응?"

"괜히 신경 써서 말하지 않아도 돼. 하지만…… 고마워."

몇 초 후의 미래를 본 그녀는 얼빠진 표정을 지은 내 얼굴을 보고서 미소 지었다.

그 표정을 보고 나는 안도로도, 피로로도 여겨질 만한 한숨을 쉬며 걷기 시작했다.

"우사토."

"이번엔 왜?"

아마코에게 맞춰 느긋한 걸음으로 걷기 시작했을 때, 그녀가 말을 걸어왔다.

"나, 다시 여기에 돌아와도 될까?"

그건 무슨 뜻일까?

아마코는 이제 링글 왕국으로 돌아올 생각이 없는 걸까? 아니면 돌아올 수 없다는 의미인가?

고개를 갸우뚱하자 아마코는 살짝 시선을 밑으로 내리며 띄엄띄엄 말을 자아냈다.

"언제든, 돌아와도 된다고…… 이제, 여긴 내 집이라고……."

"아까 그 사람이 그렇게 말한 거구나?"

"응, 하지만 다시 돌아올 수 있을지 모르겠어. 어쩌면 평생 돌아올 수 없을지도 몰라."

로즈는 아마코를 『때를 읽는 공주』라고 불렀었다.

그것과 관련이 있을지도 모르지만, 어쩌면 아마코는 내 생각보다 훨씬 중요한 입장에 있을지도 모른다.

그런 생각에 이르자 고개를 숙여 버린 아마코에게 아무 말도 할 수 없게 되었다.

그녀에게 부과된 일이 얼마나 큰지 이해하지 못하고 있는 나는 그녀에게 건넬 위로의 말조차 떠올릴 수 없었기 때문이다.

"나는…… 한심하구나."

자조적으로 그렇게 중얼거리며 눈앞에 보이기 시작한 문을 향해 살짝 걸음을 빨리했다.

아마코와 함께 문에 도착하고 기다리길 한 시간.

거리에서 들려오는 사람들의 목소리가 커졌을 무렵, 문 앞에서 기다리던 내 시야에 말을 탄 집단의 모습이 보이기 시작했다.

십여 명쯤 될까……. 그 집단을 주시하고 있으니 마차 한 대가 나타났고, 한 소년이 얼굴을 내밀어 이쪽을 향해 크게 손을 흔들었다.

"우사토!"

"아, 카즈키."

이동 수단에 관해서는 특별히 듣지 못했는데 루크비스에는 마차로 가는 건가?

자세히 보니 마차 주변에는 경장 갑옷을 걸친 기사 몇 명이 배치되어 있었다. 그중에는 아르크 씨의 모습도 보였다.

"블루링, 너…… 못 탈 텐데 괜찮아?"

"크앙!"

괜찮을 리가 없잖아, 라고 말하는 것처럼 블루링이 내 다리를 때렸다.

"너 점점 거리낌이 없어지는구나."

"우사토가 너무 튼튼한 거야."

"크웅."

아마코의 말에 동의하듯 고개를 끄덕이는 블루링을 보니 짜증이 나서 일단 코끝에 딱밤을 먹인 다음, 이쪽으로 다가오는 마차를 향해 걷기 시작했다. 블루링과 처음 만났을 때와 같은 진심 어린 위협과 아마코가 허둥대는 소리가 뒤에서 들렸지만 무시했다.

"안녕하세요, 아르크 씨."

"안녕하십니까!"

순식간에 말에서 내린 아르크 씨는 가슴에 주먹을 얹고 인사를 돌려주었다.

변함없이 씩씩한 사람이구나, 그렇게 생각하고 있으니 아르크 씨가 이쪽으로 양손을 내밀었다.

"짐은 제가 옮겨 둘 테니 우사토 님과 동행자분은 마차에 오르시지요."

"아, 고맙습니다. 저기, 블루링은……."

"송구합니다만 저희와 함께 밖에서 이동해야 합니다."

역시나…….

메고 있던 짐을 아르크 씨에게 넘기고 아마코와 함께 마차로 이동……하기 전에, 크르릉거리며 뭔가 말하고 싶은 눈으로 나를 노려보는 블루링의 등에서 짐을 벗겼다.

"아르크 씨를 너무 귀찮게 하지 마."

"……크앙."

"장담할 수 없다는 느낌의 그 울음소리는 뭐야."

……아마, 괜찮겠지. 만약의 경우에는 내가 밖에서 같이 가면 되고.

블루링에게서 벗긴 짐을 근처 기사님에게 넘기고 마차 안으로 들어갔다. 내부는 열 명쯤 들어가도 여유 있을 만큼 넓었다.

가볍게 둘러본 후에 안쪽으로 눈을 돌리자 카즈키와 이누카미 선배, 그리고 하늘색 머리가 특징인 로브를 두른 여성, 웰시 씨가 앉아 있었다.

"안녕하세요, 여러분."

나는 우선 그들에게 인사를 건넸다. 눈앞에 있는 세 명도 나랑 아마코에게 인사해 주었다.

"말씀을 나누는 건 오랜만이네요, 우사토 님."

"그러게요. 웰시 씨도 함께 여행하는 건가요?"

그녀는 굉장히 인상에 남아 있었다.

내 마법 적성을 보자마자 창백해져서 달려 나갔던 점이라든가, 로즈에게 엄청 겁먹고 있었던 점이라든가.

"네. 전부 용사님들에게 맡기는 건 너무 죄송스럽기에, 루크비스까지지만 저도 힘이 되겠습니다."

"그런가요? 그럼 그때까지 잘 부탁드려요."

우리만 보낼 거라고는 생각하지 않았지만 왕국 전속 마법사인 웰시 씨를 내주다니, 임금님도 통이 컸다.

"웰시 씨가 와 줘서 믿음직스러워."

"아뇨아뇨, 제 힘 따위 미미한걸요."

"저랑 선배의 마법 스승이니까 좀 더 자신을 가져 주세요."

선배와 카즈키의 신뢰도 두터웠다.

두 사람의 마법 스승이라면 나에게 있어 로즈와 같은 위치에 해당하는 건가.

조금이라도 좋으니 이 사람의 작은 동물 같은 아우라를 로즈에게 나눠 줬으면 좋겠다. 로즈는 육식 동물 아우라가 너무 굉장해서 노려보는 모든 것을 쫄게 만드니까.

본인 앞에서 말하면 반드시 얻어터질 실없는 생각을 하고 있으니, 옆에서 이상하리만큼 침묵하고 있던 아마코가 내 단복 자락을 잡아당겼다.

그녀를 바라보니 웰시 씨에게 불안한 시선을 보내고 있었다.

대충 헤아린 나는 아마코에게 말했다.

"이 사람은 괜찮아. 오히려 선배 쪽을 경계해야 해."

"……응, 알겠어."

"응? 지금 아무렇지도 않게 날 위험한 사람처럼 취급했는데……."

「납득할 수 없어!」라는 얼굴이 된 이누카미 선배의 말은 무시했다.

마차 벽에 등을 기대자 마차 전체가 덜컹 흔들렸다.

"출발한 모양이야."

"그러네요. 웰시 씨, 서신은요?"

"확실하게 챙겨 뒀답니다."

웰시 씨가 작은 배낭 속에서 서신 몇 개를 꺼냈다.

"스즈네 님과 카즈키 님은 이미 확인하셨겠지만 이게 각국에 건넬 예정인 서신이에요. 루크비스에서 각각 출발할 때 여러분께 나뤄 드릴 테니 지금은 신경 쓰지 않으셔도 괜찮아요."

"출발할 때? 루크비스에는 서신을 건네지 않는 건가요?"

"루크비스에서는 제가 서신을 건넬 거예요. 여러분도 함께 갈 거지만 말이죠."

즉, 맨 처음은 웰시 씨가 본보기를 보여 준다고 인식하면 되려나?

솔직히 고마웠다. 느닷없이 높으신 분과 만나서 서신을 건네고 끝일 리가 없으니까.

카즈키와 선배라면 모를까, 나는 그런 일에 익숙하지 않아서 꽤 불안했었다.

안심한 나는 벽에 등을 기댄 채 힘을 쭉 빼고 마차 창문으로 밖을 내다보았다.

바깥에는 초록색 나무들만 보일 뿐이었다. 아직 이 근처는 낯익은 풍경이지만, 앞으로 몇 시간 지나면 내가 본 적 없는 경치로 바뀔 것이다.

여행의 시작, 새로운 장소. 미지와 위험을 내포한 대모험.

좋은 쪽으로든, 나쁜 쪽으로든 이 세계에 익숙해져 버린 나는 흔들리는 마차 속에서 앞으로의 여행에 관해 멍하니 이것저것 생각했다.

***

마왕군 제2군단 소속 『흑기사』.

이 이름을 들으면 마족 대부분은 두려움과 선망의 눈길을 보냈다. 『흑기사』의 어둠마법은 누구도 깨부술 수 없는 무적의 갑주— 그것이야말로 『흑기사』의 강함이었기 때문이다.

어둠 계통 마법은 보통 『수비』에 뛰어난데, 이렇게까지 공격성을 겸비한 이질적인 것은 없었다.

자유자재로 형태를 바꾸는 갑주는 다종다양한 공격 수단으로 변했고, 상대가 반격하려고 하면 문답 무용으로 그 공격을 상대에게 되돌려 주었다.

특별하고 무적이며, 최강의 마법을 지닌 『흑기사』.

"어이, 농땡이 치지 마, 멍청이. 한 번 더 얻어맞고 싶나?"

"윽, 으으……."

그런 자가 이런 꼴사나운 모습으로 있다는 것을 알면 마왕령의 마족들은 어떻게 생각할까.

달리다 지쳐 쓰러진 내 등을 로즈가 발로 꾹꾹 눌렀다. 등에서 천천히 퍼지는 치유마법이 몸을 고쳐 주었지만 정신은 이 여자 때문에 쫙쫙 깎이고 있었다.

"조금은 얌전해졌나 싶었는데 설마 이 기회를 틈타 탈주하려고 하다니. 아무래도 넌 너무 방자한 것 같아. 다시 한 번 숲에 처넣어 줄까?"

"시, 싫어……요!"

지옥의 며칠간이 뇌리에 되살아났다.

우사토가 데리고 있는 블루 그리즐리보다 한층 더 큰 개체에게

쫓기고, 어떻게든 도망쳐 기절하듯 정신을 잃고, 깨어났더니 무시무시한 허기가 엄습하고, 정말 힘들었다.

"뀨~."

마구간 쪽에서 온 검은색 뭉치가 로즈의 어깨 위로 뛰어올랐다. 그 검은색 뭉치는 나를 내려다보더니 귀엽게 고개를 갸웃했다.

나를 속인 누아르래빗 쿠쿠루. 아무것도 모른다는 얼굴로 다가와서…… 아군이라고 생각했는데…… 젠장! 전부 이 여자의 손바닥 위였다.

"지금의 넌 문을 지나긴커녕 위병한테도 붙잡힐 테지만 말이지."

"큭……!"

오늘 우사토는 서신 전달인지 뭔지 때문에 여행을 떠나 버렸다. 꽤 장기 여행이 될 예정인 모양이라 2, 3일 만에는 돌아오지 않는다고 했다.

어제 그것을 들은 나는 아무 생각도 없이 우사토를 따라가려고 했다. 아무리 위험해도 여기 있는 것보다는 낫다고 생각했기 때문이다.

하지만 그렇게 녹록할 리도 없어서 즉각 로즈에게 붙잡혔고, 현재 한창 벌 받는 중이었다.

"걱정, 안 돼?"

"걱정? 누굴?"

"……우사토."

이 녀석 무슨 헛소리야, 하는 눈길을 받고 살짝 울컥했다.

하지만 쓸데없는 반항심을 품어 봤자 지금 나는 이 여자에게 밟혀 있는 상태였기에 입을 다물었다.

"애초에 걱정 따위 안 해. 그 녀석은 나랑 한없이 가까운 능력을 지닌 치유마법사다. 간단히는 당하지 않아."

"……."

혹시 그 녀석은 언젠가 로즈처럼 되어 버리는 건가? 되돌아보면 우사토의 거동에는 로즈와 비슷한 부분이 있었다.

무섭게 웃는 얼굴이라든가, 때때로 머리를 쓸어 올리는 동작이라든가…….

스승과 제자는 닮는다는 이야기를 자주 들었지만, 그다지 흐뭇하지는 않았다.

"여기서 하는 훈련도 한계가 있어. 지금 우사토에게 필요한 건 바깥 세계를 아는 거야."

"……."

로즈는 말 없는 나를 보며 짓궂게 웃었다.

"뭐야, 그 녀석이 걱정돼?"

"아, 아니야. 뭔가, 아니꼬워서……."

로즈에게서 도망치고 싶으니까, 라고 말할 수 있을 리가 없었다.

만약 말한다면 더 혹독한 벌이 나를 맞이해 줄 것이다.

"뭐, 그런 건 어찌 되든 좋아. 언제까지 엎어져 있을 거냐? 냉큼 훈련으로 돌아가."

"네, 넵!"

정신을 차리고 보니 등에 올려져 있던 발이 치워졌고 피로는 사라진 상태였다.

허둥지둥 일어난 나는 훈련장의 바깥 둘레를 필사적으로 달리기 시작했다.

"헉, 히이……."

마왕군에 있을 때는 훈련 따위 거의 하지 않았다. 그럴 필요가 없을 만큼 강하기도 했고, 무엇보다 몸을 단련하는 데서 의미를 찾을 수 없었다.

마왕군과 구명단, 두 장소에서 내 자세는 전혀 달랐다.

얼마 전까지는 정말로 마음대로 굴었다. 나를 말리려는 자 따위 아무도 없었으니까.

어둠마법이라는 특이한 계통마법을 가지고 태어난 나는 곧장 공포의 대상이 되었고, 그대로 문제없이 자랐다. 어둠마법의 특이함은 그 발동 조건이 사용자의 의사와 관계없다는 것에 있었다. 어린 시절, 나는 자주 무의식적으로 검은색 마력을 휘감고 주위에 위험을 흩뿌렸다.

그렇기 때문일까. 어느 정도 판단력이 생기게 되자 팽개쳐지듯 마왕군 훈련소에 들어가게 되었다.

결국 부모였던 녀석들은 나라는 존재가 버거웠던 것이다. 어떻게 다루면 좋을지 알 수 없다. 어떻게 애정을 쏟으면 좋을지 알 수 없다. 어둠마법이라는 이형의 마법 때문에 자신들이 어떤 위험에 노출될지 알 수 없다. 그렇게 생각했기에 녀석들은 나를 내버렸다.

그 뒤로는 줄곧 갑주 속에 틀어박혀 있었다. 아니, 갑주에 감싸여 있지 않으면 진정이 되지 않았다고 말하는 편이 옳을지도 모른다. 누구도 나를 상처 입힐 수 없고 만질 수도 없었다.

주위를 거부하고, 내 만족을 위해 싸워서 상대를 쓰러뜨린다. 그런 일상을 줄곧 반복했다.

마왕군 따위, 결국은 내게 심심풀이 조직일 뿐이었을지도 모른다.

"하지만……."

지금은 갑주를 휘감고 있지 않았다.

그러나 예전처럼 진정이 안 되고 불안하지는 않았다.

그 이유는 나도 알 수 없었다. 지금 있는 구명단이라는 환경이 마왕군에 있었을 때보다 쾌적……하다고는 입이 찢어져도 말할 수 없지만, 뭔가 내 안에서 변화가 있었을지도 모른다.

자신의 변화에 고개를 갸웃하며 달리고 있으니 갑자기 뒤통수에 무언가가 격돌했다.

"아파?!"

"멍하니 있지 말고 제대로 뛰어."

머리를 문지르며 뒤돌아보자 직립한 채 오른팔을 가볍게 휘두른 모습인 로즈가 보였다.

"지, 지금 뭘 한 거야, 저 여자……."

아마 머리로 뭔가를 던졌겠지만, 뭘 던졌는지는 전혀 짐작이 가지 않았다.

머리를 누르면서 멈추려던 발을 앞으로 내디뎠다.

"이렇게 된 건 전부 그 녀석 탓이야……."

로즈에게 구박받는 나날도, 일상을 충족시키는 이상한 충실감도, 전부 오늘 이곳을 떠난 우사토 때문이었다.

"원망할 거야…… 우사토……."

다음에 너와 만났을 때, 한 방 제대로 먹여 주겠어!

***

링글 왕국의 이웃 나라, 루크비스.

성이라고 착각할 만큼 거대한 건축물이 마법을 배우는 학사고, 그곳에는 루크비스의 최고 권력자, 우리 세계의 개념으로 말하자면 교장 같은 사람이 있었다.

그곳에 찾아온 아이들은 마법의 기본인 무계통 마법부터 시작해 각자의 계통마법을 배우고, 때로는 서로 경쟁하고 싸우며 자신의 기술을 갈고닦는다.

아르크 씨가 말하길, 마법 말고도 검술이나 격투기 등의 기능을 배울 수도 있다.

웰시 씨가 말하길, 우수한 성적을 거둬 졸업하는 마법사는 대개 강력한 마법을 다룬다.

아마코가 말하길, 천성적인 마법 계통에 따라 차별받는 일도 적지 않다.

같은 계통 마법사의 우열을 가릴 때는 마력량, 센스, 기술력이 기준이 되는데, 그것들은 노력으로 보강할 수 있었다. 하지만 천성적인 계통은 아무리 애써도 바꿀 수 없다.

"—그런 곳이라고 하는데……."

링글 왕국을 출발한 지 엿새가 지난 밤.

타오르는 모닥불 앞에서 나는 목적지인 루크비스에 관해 생각했다.

불침번을 맡은 기사님 외에는 다들 이미 잠든 상태였다. 나도 사실은 내일을 위해 자야 하지만, 내일 도착할 예정인 루크비스를 생각하면 도저히 잠들 수가 없었다.

"아르크 씨, 무리하지 마세요."

"아뇨아뇨, 저는 아까 충분히 쉬어서 괜찮습니다."

내 앞에 앉아 있던 아르크 씨가 상쾌하게 웃었다.

도저히 잠이 안 와서 마차에서 나온 나를 눈치챈 그는 신경 써 준 것인지 이야기 상대가 되어 주었다.

"아르크 씨는, 루크비스에 있었던 거죠?"

"……예."

내 질문에 아르크 씨의 표정이 약간 떨떠름해졌다.

"죄송해요, 물어보면 안 되는 얘기였나요?"

"아뇨, 그렇지는 않습니다."

황급히 손을 가로저은 아르크 씨는 허리에 차고 있던 검을 옆에 놓았다.

"아마 머지않아 알게 되실 테니 지금 제 입으로 말씀드리겠습니다."

"머지않아 알게 된다고요?"

"예. 루크비스에 계통마법에 따른 차별이 있다는 얘기는 아마코 님에게 들으셨지요?"

"……예, 뭐……."

여기 오는 동안 웰시 씨와 아마코에게 루크비스에 관해 들었다.

너무한 이야기라고 생각하는 반면, 남의 일이라고 여기는 마음도 있었다.

카즈키와 이누카미 선배는 왠지 익숙한 것 같았지만, 나는 아직 그런 상황과 조우한 적이 없어서 어떻게 생각하면 좋을지 알 수 없었다.

"계통마법에 따른 차별도 심하지만 그와 비슷하게 차별이 심한 것이 하나 더 있습니다. 아인(亞人) 차별입니다."

"아인 차별?"

그건 루크비스뿐만 아니라 다른 나라에서도 있는 일 아닌가? 적어도 나는 그렇게 들었는데.

"루크비스를 찾아오는 사람들은 다양한 목표를 세우고서 학업에 힘쓰고 있습니다. 기사가 되기 위해, 유복해지기 위해……. 제가 아는 전부를 얘기하면 길어질 테니 생략합니다만, 중요한 건 루크비스에 오는 자들 중에는 종족 차이에 따른 박해를 각오하고서 찾아오는 사람, 아인이 있다는 겁니다."

"위험한 일을 당할 것을 알고서, 말인가요?"

"예, 그만한 가치가 루크비스에는 있습니다."

우리 세계의 개념으로 말하자면 루크비스는 수준 높은 엘리트

학교라는 걸까.

하지만 그렇게까지 할 가치가 있다고는 생각할 수 없었다. 왜 일부러 마법 훈련을 해야 하지? 그건 지옥이다.

맞고, 날아가고, 일어나면 다시 날아가고, 피한 줄 알았는데 발차기가 들어오는, 지적인 요소가 전혀 없는 물리적인 훈련을 일부러 하다니.

아인이라면 더더욱, 굳이 맞으려고 학교에 다니는 것이나 마찬가지였다.

“모르겠다는 표정이시네요.”

“뭐, 그러네요. 저는 이해할 수 없어요.”

“설령 위험을 내포하고 있더라도 그들에게는 해야만 하는 목적이 있는 거겠죠. 루크비스에서는 아인 매매나 박해 등이 표면적으로는 금지되어 있지만, 루크비스에는 대륙 전체에서 학생들이 찾아옵니다. 아인 차별에 그다지 흥미가 없는 자도 있으나, 과할 정도로 싫어하는 자들도 반드시 있습니다.”

나를 보며 씁쓸하게 웃은 아르크 씨는 옆에 쌓인 마른 나뭇가지를 모닥불에 던져 넣었다.

불길이 한층 거세지면서 그 빛을 받아 희미하게 드러난 그의 표정은 왠지 슬퍼 보였다.

“그곳은 마법을 배우기에 더할 나위 없이 좋은 곳이긴 합니다. 하지만 아주 근소한 사람들에게는 최악의 장소입니다. 솔직히, 저는 그곳을 좋아하지 않습니다.”

"……죄송해요."

"아, 아뇨! 우사토 님은 잘못하신 거 없습니다! 저는 당신의 힘이 되고 싶어서 확실하게 생각하고 호위 임무를 맡은 겁니다!"

그렇다고 하더라도, 아르크 씨가 말한 최악의 장소인 루크비스에 그를 또 데려가게 되는 부탁을 한 것은 다름 아닌 나였다.

굉장히 죄송스러웠다.

"아, 어, 그, 그렇지! 우사토 님은 아인을 어떻게 인식하고 계십니까?"

"인식이요? 으음……."

「인간과 다르다」는 건 너무 대충이고, 하지만 내가 만나서 이야기한 아인이라고는 수인 아마코와 마족 페름밖에 없으니 말이지.

인간과 다른 그 두 사람을 보고 어떻게 생각하고 있는가…….

"특별히 없네요."

나도 상당히 물들어 버렸는지, 아니면 아인보다 훨씬 괴물 같은 단장이 있기 때문인지, 그렇게 무섭지도 두렵지도 않았다.

그렇게 말하자 아르크 씨는 약간 눈을 동그랗게 떴고, 다음 순간에는 그답지 않게 큰 목소리로 웃기 시작했다.

"하하하하하!"

"어, 어어……."

웃긴 말을 한 것도 아닌데 왜 아르크 씨는 폭소하고 있는 걸까.

"특별히 없는 건가요. 그야말로 우사토 님이시기에 가능한 발언입니다."

"저답다니……."

"예, 당신다워요. 그렇기에 아마코 님도 안심하고 우사토 님을 의지하는 거겠죠. 인간과 다름없이 아인을 대해 주시는 당신을 말이죠."

요컨대 「이 세계 사람들과 인식이 너무 달라서 폭소했다」라는 건가?

애초에 다른 세계에서 소환된 우리와 이 세계에 사는 사람들의 의식은 상당히 달랐다.

눈에 보이는 것이 죄다 이질적인 내 입장에서는 마법이든 아인이든 전부 동일한 기준으로 보였다. 하지만 이 세계 사람들에게 마법은 거기 있는 게 당연한 것이고, 아인은 무섭고 두려운 존재이리라.

"저답다고 하셔도, 전 그렇게 좋은 사람은 아니지만 말이죠."

"우사토 님은 좋은 분이십니다. 의식하지 못하고 계실 뿐이죠."

"치켜세우지 말아 주세요."

대화하면서 꽤 표정이 온화해진 아르크 씨는 쾌활하게 웃었다.

맨 처음 만났을 때와 같은 딱딱하고 예의 바른 인상은 옅어져서, 지금은 굳이 따지자면 털털함이 느껴졌다.

"음?"

"왜 그러세요?"

나뭇잎과 가지가 타닥타닥 타는 소리를 들으며 어두운 평원을 멍하니 바라보고 있는데, 모닥불을 사이에 두고 마주 앉은 아르크 씨가 고개를 갸우뚱하며 내 오른쪽 후방을 바라보았다.

오른쪽 후방— 마차가 서 있는 곳을 왜 주시하는 것인지 의문스러워서 나도 뒤돌아보았다.

"아무래도 잠들지 못하시는 분이 한 사람 더 있는 모양이군요."

마차에서 나올 때 확실하게 닫았을 터인 문이 열려 있었고, 그 뒤에서 얼굴을 내밀어 이쪽을 살피는 소녀가 한 명 있었다.

머리에 난 귀를 움직이며 기운 없는 눈으로 이쪽을 보던 소녀, 아마코는 나와 눈이 마주치자 근처로 걸어왔다.

"음, 혹시 내가 깨웠어?"

"아니. 재워 주지 않았다고 할까……."

그렇게 말하고 내 옆에 앉은 아마코는 나와 마찬가지로 모닥불을 지그시 바라보았다.

반지르르한 금발이 은은한 모닥불 불빛을 반사하는 것이 가까이서 보였다.

하지만 이렇게 밤늦은 시간에 무슨 일이지? 나는 그렇다 쳐도, 아마코는 선배 옆에서 곤히 자고 있었을 텐데.

응? 재워 주지 않았다니 무슨 뜻이지?

"……스즈네가 달라붙어서 깨 버렸어."

"하하하, 아마코 님도 힘드시겠군요."

"그러니까 말이야."

"하아, 그 사람은 진짜……."

선배에게 나쁜 뜻이 없다는 것은 알고 있기에 살짝 뾰로통해진 아마코를 보니 절로 미소가 지어졌다.

하지만 다음부터 선배와 아마코는 떼어 놓고 재우자. 설령 선배

가 뭐라고 하든 간에.

"무슨 얘기 하고 있었어?"

"내일 일에 관해서."

역시 아인 차별 이야기는 하면 안 될 것 같아 생략하고 가볍게 설명했다. 정말로 간단히 설명했을 뿐이라 대략적으로 전해졌겠지만.

"나, 루크비스에 아는 사람이 있어."

"아는 사람? 수인?"

"응. 루크비스에 있는 동안, 갈 곳 없는 나를 자기 집에서 지내게 해 줬어."

아까 아르크 씨가 말했던, 마법을 배우러 루크비스에 온 아인인가.

"만나고 싶어?"

"……응."

그야 그렇겠지.

"아직도 있을지는 모르겠어. 하지만, 루크비스에서 볼일이 끝나면…… 그러니까……."

아마코는 고개를 숙이고 우물거렸다.

사실은 도착하자마자 바로 만나러 가고 싶을 텐데 어째서 이렇게나 조심스러워하는 걸까.

"알겠어. 그 지인을 보러 갔다 와. 우리는 신경 쓰지 말고."

애초에 서신을 건넬 때 아마코는 데려갈 수 없고 말이지.

내 말에 얼굴을 든 그녀는 우물쭈물 주저하다가 천천히 입을 열었다.

"……우사토도 같이 가."

"어? 나도? 내가 있으면 방해되지 않아?"

그렇게 묻자 아마코는 고개를 가로저었다.

"아니. 날 도와주는 사람이라고 소개하고 싶어."

루크비스에 사는 수인이라……. 무서운 사람이면 어쩌지?

로즈보다 더한 사람이 나오지는 않겠지만, 심장에 좋지 않다는 점은 변함없었다. 빈말로도 아인에게 안전하다고는 할 수 없는 루크비스에서 생활하는 수인이니까 그만큼 험악하게 생겼을지도 모른다.

아무튼 내가 아마코를 따라가도 괜찮을지 아르크 씨에게 확인해 둘까?

"아르크 씨, 서신을 건넨 후라면 괜찮을까요?"

"괜찮을 거라고 생각합니다. 서신을 건네고 결정이 내려지기까지, 일시적이긴 합니다만 체재해야 하니 시간은 충분합니다."

"그럼 문제는 없겠네요."

옛 친구를 만날 수 있을지도 모른다는 사실에 기뻐하며 무릎을 끌어안은 아마코를 곁눈질로 보았다. 생각해 보면 이 아이는 오랫동안 동족 사람들과 떨어져서 지내고 있었지.

내가 아마코 나이였을 때는 건방진 겁쟁이 꼬맹이였는데.

어릴 적 나와 옆에 있는 아마코를 비교하고 쓰게 웃었다.

"슬슬 졸리네……."

아마코랑 아르크 씨와 대화하며 기분이 좋아졌기 때문인지 점차 졸리기 시작했다.

이대로 밤새우는 것도 괜찮지 않을까 싶었지만 졸리니 자자.

그렇게 생각하고 일어나려고 하자 아르크 씨가 나를 불러 세웠다.

"우사토 님, 옆을 보십시오."

"옆?"

생각에 잠겨 있던 탓에 눈치채지 못했는데, 옆에 있던 아마코가 무릎을 끌어안은 채 색색거리고 있었다.

안심해서 잠들어 버린 걸까?

그녀는 어느새 내 옷자락을 잡고 있었다. 그것을 알아차린 아르크 씨가 깨우지 않게 말린 것 같았다.

"역시 우사토 님 곁이 가장 안심할 수 있는 거겠죠."

"그런가……. 그럼 여기서 잘까? 아르크 씨는 어떻게 하실래요?"

"저는 조금 있으면 불침번 교대라……. 앉은 채로 주무시려는 겁니까?"

"익숙하니까 괜찮아요."

숲에 있을 때는 언제 마물의 습격을 받아도 도망칠 수 있게 눕지 않았었고, 이 정도는 식은 죽 먹기가 되어 버렸다.

앉은 채 잠든 아마코를 눕히고서 근처에 개켜 두었던 단복을 덮었다.

"그럼 내일도 잘 부탁드려요."

"저야말로."

아르크 씨와 인사를 나눈 나는 「밖에서 자는 건 오랜만이네」라고 시시한 생각을 하며 눈을 감았다. 자각하지 못했으나 꽤 피곤했는지 내 의식은 의외로 간단히 희미해져 갔다.

***

"―군."

누군가가 내 이름을 부르고 있었다.

꿈결 속에서 눈을 떴다. 내가 언제 누웠지? 모닥불 앞에서 잠들어 버린 아마코와 함께 앉은 채 잤을 텐데…….

베개처럼 부드러운 무언가에 머리가 감싸여 있었다.

"어~이, 우사토 군~."

"응……?"

잠에서 막 깨어나 돌아가지 않는 머리로 내 얼굴을 들여다보는 사람을 보았다.

아니, 돌아가지 않는 머리로도 곧장 누구인지 인식할 수 있었다.

"하아, 뭐야. 이누카미 선배인가……."

"자, 잠깐?! 아무리 그래도 무릎베개에는 좀 더 풋풋한 반응을 보여 줘도 되잖아!"

나는 속셈이 훤히 보이는 선배의 무릎에서 일어나 밖을 보았다.

해도 떠서 꽤 밝았다. 아무래도 나는 늦잠을 잔 모양이다. 마차 안을 보니 아마코를 제외한 전원이 이미 깨어 있었다.

"카즈키가 날 옮긴 거야?"

“응? 맞아. 하지만 딱히 고마워할 필요는 없어. 살짝 무거웠지만 그렇게 힘들지도 않았으니까.”

……역시 신뢰할 수 있는 사람들 사이에서 쉬는 건 여러 가지로 다르구나.

구명단에서는 늦잠 금지라는 암묵적인 룰 속에서 생활했기에, 이런 느슨한 기분으로 자고 일어나는 것은 오랜만이었다.

“그보다 우사토, 선배 좀 어떻게 해 줘.”

“어? 이누카미 선배를?”

쓰게 웃는 카즈키에게서 선배에게로 눈을 돌렸다.

선배는 토라져서 뭐라고 꿍얼거리며 여전히 자고 있는 아마코의 머리를 쓰다듬고 있었다.

저기, 뭐 하고 있는 거죠?

“정말이지, 실례잖아. 미소녀의 무릎을 베고 흥분하지 않다니…….”

“그치만 속셈이 훤히 보였고, 스스로 미소녀라고 하는 건 역시 너무 유감스러운 느낌이…….”

아니, 찾아보기 힘든 미소녀지만 말이죠.

그리고 무릎베개 받고 기뻤냐고 묻는다면 솔직히 기뻤고.

하지만 나는 뻔히 보이는 낚싯바늘에 걸리는 물고기가 아니었다.

“하아……, 그렇게 삐치지 마세요. 저도 기쁘지 않았던 건 아니에요, 아마도.”

내 말을 듣고 기분이 좋아졌는지 선배는 크흠 하고 헛기침하며 아마코에게서 손을 치웠다.

“정말이지, 우사토 군은 솔직하지 못하구나.”

“하하하, 우사토는 의외로 꼬여 있으니까.”

어째선지 카즈키까지 선배의 말에 동의했다.

이것에는 반론해야겠어.

“두 사람이 너무 솔직한 거예요. 제 수준이 보통이라고요.”

내가 그렇게 말하자 두 사람은 「그건 아니야」 하고 입을 모았다. 내 감성이 평범하지 않다는 건가?!

“우사토 님이 보통……이라는 건 좀 아닌 것 같아요.”

“웰시 씨마저…….”

조금 전까지 서신을 훑어보고 있던 웰시 씨가 쓰게 웃으며 그렇게 말했다.

만약 지금 아마코가 일어나 있었다면 그녀도 편승해서 평범하지 않다고 말했을 듯한 단결력이었다.

이번에는 내가 토라져서 의자에 깊숙이 앉았다.

특별히 할 일도 없었기에 로즈가 연습하라고 했던 마력 농도 조절 훈련을 시작했다.

그러자 내 훈련을 본 웰시 씨가 기막혀하며 한숨을 쉬었다.

“역시 평범하지 않아요.”

“이거 그렇게 어렵진 않아요.”

내가 마차 안에서 이 훈련을 할 때마다 그녀는 똑같은 말을 했다. 듣자 하니 마법을 배운 지 몇 달밖에 안 된 사람이 할 만한 일이 아니라는 것 같았다.

방법만 알면 누구든 간단히 할 수 있는데 말이지.

내 말에 웰시 씨는 이렇게 대답했다.

"그러니까 말씀드렸잖아요. 간단해도 그건 위험한 훈련이에요. 자칫 잘못하면 억제력을 잃은 마력이 폭발해서 손이 갈기갈기 찢어져 버려요. 치유마법사이시니까 다행이지……. 그런 건 좀 더 마력을 잘 다룰 수 있게 된 다음에 하는 거라—."

그대로 설교처럼 줄줄 말을 늘어놓는 웰시 씨를 보며 어색하게 미소를 지은 나는 마력 농도를 조작했다.

연한 초록색은 올가 씨보다는 살짝 옅은 녹색으로 바뀌었다가 다시 원래대로 돌아오길 반복하고 있었다.

솔직히 눈에 보이는 성과가 없어서 실감은 안 나지만, 웰시 씨가 말하길 꽤 잘하고 있는 편이라고 했다.

"나도 그거 할 수 없으려나……."

"선배는 살짝 대충인 구석이 있으니까 하지 마세요……."

"우사토 군이 있으면 문제없잖아?"

아니아니, 아주 당연하다는 듯이 말하고 있지만 나는 내 훈련만으로도 벅차고, 만약 선배가 간단히 습득한다면 솔직히 다시 일어날 수 없을 것 같다.

그리고 순수하게, 선배는 최대한 위험한 일은 하지 않았으면 했다. 아픔에 익숙한 나조차 마력이 폭발해서 손이 베였을 때는 꽤 아팠다.

일단 여자인 선배가 견딜 수 있을지 미묘했다.

"안 돼요! 스즈네 님! 우사토 님처럼 마력을 잘 다루는 자가 아니라면—."

"뭐, 어때, 웰시. 카즈키 군도 그렇게 생각하지?"

"으음…… 흥미가 없진 않지만, 우사토가 말린다면 안 하는 편이 좋겠죠."

"음, 우사토 군을 너무 애먹이긴 싫어."

이미 당신 때문에 상당히 애먹고 있습니다, 라고 말할 수는 없었다.

늦게나마 선배가 얌전해져서 가볍게 한숨을 쉬었다.

"루크비스까지 앞으로 얼마나 남았나요?"

"으음, 진행 상황을 볼 때, 해가 중천에 떴을 무렵에 도착하겠네요."

그렇다면 앞으로 한두 시간 정도려나? 이 세계에는 시계가 없어서 잘 모르겠지만.

학생들의 도시라……. 아인이라든가, 계통마법이라든가, 아마코의 지인이라든가, 신경 쓰이는 점은 이것저것 있지만 그중 제일은—.

"루크비스의 치유마법사."

이거지.

***

"제3군단장 아미라 베르그레트여, 이번 실태에 관해서다만."

"예."

나는 지난 링글 왕국 침략전에서 큰 실수를 저지르고 말았다.

확실하게 이길 수 있는 병력을 갖추고 있었음에도 불구하고 내가 이끈 군대는 링글 왕국에 패배하여 한심하게도 도망칠 수밖에 없었다.

사망자는 많았고, 비장의 카드였던 바르지나크마저 잃었다.

군단장으로서 내 입장은 없는 것이나 마찬가지였다.

"마왕님께서 명령하신다면 저는 이 자리에서 자진할 것입니다. 그 정도 실책을 범했음을 통감하고 있고, 변명할 여지도 없습니다."

"아니, 너는 우리 군대의 중요한 전력이야. 단 한 번의 실수로 잃을 순 없지. 그런데 설마 인간이 이렇게나 건투할 줄이야."

"예……?"

옥좌에 여유롭게 앉은 마왕님이 큭큭 웃음을 흘렸다.

"훗, 우리의 패배를 기뻐하고 있는 건 아니다. 인간이 우리와 싸울 의지를 보인 게 재밌는 거지."

"……그건, 무슨 뜻입니까?"

이쪽은 침략하는 측, 상대가 저항하는 것은 당연할 터.

"내가 아는 인간은 실로 갖고 노는 재미가 없어. 위협하면 따르고, 유혹하면 욕망에 넘어가고, 돈을 보이면 물고기처럼 달려들지. 아미라, 인간만큼 어리석고 과하게 수를 불린 존재는 없다고 생각하지 않나?"

"……."

"그래서 나는 인간을 멸망시키기 위해 마족의 왕으로서 움직였다. 지략으로 현혹하여 서로를 죽이게 하고, 대륙 전체를 죽음으로 물들여 주었지."

마왕님은 아무렇지도 않게 그리 말씀하셨다.

그 희열에 찬 표정을 눈앞에서 보며, 나는 이 분이 적이 아니라 다행이라고 안도할 수밖에 없었다.

"하지만 그런 인간에게 나는 졌다. 철저히 말이야. 그러나 그건 인간들의 힘이 아니라, 고독하게 싸운 단 한 명의 압도적인 강자가 이루어낸 것이었지."

"압도적 강자, 입니까."

"녀석은 강했다. 수백 년이 지난 지금도 어제 일처럼 생각나는군."

마왕님은 회상하듯 눈을 가늘게 좁혔다.

자신을 봉인한 적과의 싸움은 마왕님에게 마치 어제 일 같을 것이다.

눈앞에 있는 것만으로도 이렇게나 존재감을 내뿜는 마왕님을 쓰러뜨린 적……. 틀림없이 나 따위는 상상도 할 수 없는 존재겠지.

"고작 한 명— 녀석은 아무런 목적도 없이 우리 군대를 깨부수고 나를 베어 용사가 됐다. 네게는 씁쓸한 이름이겠지?"

"……예."

병사 대부분은 용사에게 당했다.

내가 빨리 나갔어야 했다고, 패주하면서 몇 번이고 수없이 생각했다.

"그 감정을 이해하지 못하는 바는 아니야. 분하겠지. 녀석만 없었다면, 누구나 그렇게 생각해. 그래, 누구나 말이야."

거기서 말을 끊고 나를 내려다본 마왕님은 잔혹하게 웃었다.
"인간은 어리석어. 상식을 넘어선 존재를 혐오하여 처리하려고 하지. 설령 그것이 동족이더라도 말이야."
"용사는, 인간에게도 노려진 겁니까?"
"이쪽에서 부추기긴 했지만 말이지. 살짝 등을 밀어주니 훌륭하게 춤춰 줬어. 며칠 뒤에 내가 멸망시켰지만."
역시 마왕님, 하시는 일이 호쾌하다.
"외람되오나 제 의견을 말씀드려도 되겠습니까?"
"상관없다."
"지금 용사가 소환된 나라는 링글 왕국으로…… 마왕님께서 말씀하신 배신당하게 하는 책략은 그다지 의미가 없을 것이라 사료됩니다."
"애초에 쓸 생각도 없다. 그 나라는 조금도 변하지 않았어. 무엇보다 그곳을 침략하라고 지시한 건 나다."
"읏! 죄송합니다!"
너무나도 생각이 얕았다. 마왕님의 심중도 다 이해하지 못하고 어리석게 의견을 말해 버리다니!
이건 자진할 수밖에 없지 않을까?
내게는 살아 있을 가치 따위 없지 않을까?
스승님, 변변치 못한 제자라 죄송했습니다.
"당장에라도 죽을 듯한 얼굴을 하고 있는 와중에 미안하지만, 슬슬 네게 벌을 내려야겠지."

"자진입니까. 알고 있습니다. 자진하겠습니다."

"하고 싶다면 말리지 않겠다만…… 네 녀석은 자해하는 버릇이라도 있는 건가?"

울먹이며 검을 잡고 덜덜 떠는 나를 마왕님은 이상한 것을 보듯 바라보셨지만, 이내 어찌 되든 좋다고 생각하셨는지 상관하지 않고 말씀하셨다.

"너는 강등이다. 오늘부로 군단장직에서 내려와라."

"……예."

자결은 아니지만 당연한 처분이었다.

나는 지휘관으로서 너무나도 미숙했다.

내 표정은 어두워졌지만 마왕님은 변함없이 옅게 웃고 계셨다.

"역시 너는 고지식하군."

마왕님은 그렇게 말씀하시고 옥좌에서 일어나 부복해 있는 내 앞으로 걸어오셨다.

경악하며 머리를 숙이자 눈앞에서 발을 멈춘 마왕님은 천천히 입을 여셨다.

"아미라, 군단장이라는 입장은 네게 맞지 않아. 네 녀석은 맹렬하게 전장을 달리고, 자신이 정한 강적과 싸우는 게 어울려."

"—읏!"

"직함 따위 아무런 의미도 없다. 힘없는 자는 죽는다. 이 세상의 섭리는 강한가 약한가, 그것뿐이다. 아미라, 너는 강자로 있고 싶으냐?"

"읏, 네……!"

"그렇다면 네가 있어야 할 지위는 군단장이 아니겠지. 네 녀석이 지휘관이라는 입장에 묶여서 썩고 있는 모습은 볼 수가 없더군. 이번 싸움으로 그걸 잘 알았다. 다시 한 번 병사로서 무훈을 올려라."

그 말은 그야말로 나의 전부를 바꾸는 말이었다.

군단장이라는 지위에는 자부심을 가지고 있었다. 병사를 훈련하고 지휘한다. 위에 선 자로서의 책임과 역할도 내게 긍지였다.

하지만 마왕님의 말씀으로 내가 어떻게 있어야 하는지를 이해했다.

"예! 오늘부로 저는 군단장 자리에서 내려와 한 명의 병사로서, 이 세상에 태어나 지금껏 기른 모든 기술을 마왕님을 위해 발휘하겠습니다!"

"그 말에 거짓은 없겠지?"

"네!"

내 각오에 마왕님은 고개를 끄덕이시고 다시 옥좌로 돌아가셨다.

지금까지 무엇을 위해 검을 휘둘렀는가.

예전의 자신이라면 스승님께 상처를 입힌 구명단의 로즈와 많은 동포를 매장시킨 용사들을 향한 원한을 말했으리라.

하지만 지금 마침내 이해했다.

내가 검을 휘두르는 이유에 원한 따위는 필요 없었다.

필요한 것은 마왕님을 향한 충성심뿐이다.

그렇기에 나는 제3군단장이라는 직함을 버리고 단순한 병사로서 적을 섬멸하는 검이 될 것이다.

제7화 도착! 마도학원 루크비스!

링글 왕국을 출발한 지 일주일이 흘렀다.

아마코의 예지 덕분에 이렇다 할 말썽 없이 무사히 루크비스에 도착했다.

몬스터의 습격을 받긴 했지만, 웰시 씨가 말하길 몬스터와 마주칠 확률이 현저히 달랐다고 한다.

강한 마물종인 블루링이 일종의 마물 기피제가 되기도 했지만, 그래도 아마코의 마법은 너무 편리했다.

여차여차하여 도착한 루크비스를 눈앞에 두고 우리는 마차 창문으로 얼굴을 내밀고서 커다란 문을 바라보았다.

"예쁘다……."

링글 왕국의 성문은 고풍스럽고 견고한 인상이었는데, 이쪽은 검은색을 바탕으로 다채롭게 장식된 화려한 문이었다. 마법진 같은 각인이 새겨져 있는 것을 보면 평범한 문이 아닐지도 모른다.

"왠지 학교라는 느낌이 들어."

"우리가 다니던 데랑은 전혀 다르지만 말이지."

똑같이 성문을 보던 카즈키의 말에 고개를 끄덕였다.

지금은 먼저 내린 웰시 씨와 호위분이 문지기에게 통행 허가를 받고 있었다.

들어가면 조심해야겠지. 우리는 링글 왕국이라는 간판을 달고 온 것이니 거기에 먹칠할 수는 없었다.

"선배, 조심하세요. 절대 싸움 같은 거 걸면 안 돼요."

"저기, 난 규율을 중시하던 학생회장이었거든? 그런 묻지 마 범죄자 같은 짓은 안 해. 그렇게 신용이 안 가?"

"원래 학생회장이었기 때문이에요."

정의감이 강한 선배라면 박해받고 있는 학생을 보고 몸을 날릴지도 몰랐다.

그런 신조는 훌륭하지만 말이지.

"아마코도 아까 건네준 외투 잘 쓰고 있어야 한다? 꼬리도 최대한 움직이지 말고."

"괜찮아, 익숙해."

아마코는 내 단복과 똑같은 색조의 흰 외투를 뒤집어썼다.

그녀는 성에 가지 않고 기사님들과 함께 마차에서 기다리기로 되어 있었다. 중요한 임무 때문에 다른 일을 돌보지 못하는 우리보다도 기사님들과 함께 있는 편이 안심이기도 했다.

성에 가는 멤버는 웰시 씨, 카즈키, 선배, 그리고 나였다.

"허가를 받았어요. 그럼 루크비스에 들어갈게요!"

밖에서 웰시 씨의 씩씩한 목소리가 들렸고, 동시에 마차가 다시 달리기 시작했다.

거대한 문이 열리며 도시의 거리가 나타났다.

다양한 크기의 건축물이 늘어서 있지만 그 전부가 하얘서 깨끗

한 공간을 빚어내고 있었다.

전체적인 인상은 링글 왕국의 거리와 비슷해서, 쭉 뻗은 대로를 중심으로 건물 사이사이에 길이 만들어져 있었다.

그 길들 양옆에는 링글 왕국처럼 노점이 열려 있었다. 하지만 거기서 장사하고 있는 사람은 교복 같은 로브를 입은 내 또래 아이들이었다. 길을 걷는 사람들의 차림도 대부분 똑같았다.

어른은 셀 수 있을 정도밖에 없는 상당히 이상한 광경이었다.

"여기가, 마법도시……."

솔직히 이렇게나 아이에게 자유가 주어진 곳일 거라고는 생각하지 못했다. 학교라길래 원래 세계처럼 어느 정도 규율이 잡혀 있을 줄 알았는데, 이곳의 모습은 고등학교라기보다 대학에 가까웠다.

"역시 거리를 마차로 나아갈 수는 없으니 여기서부터는 걸어가야 해요."

"아, 네. 블루링은 어쩌죠?"

"블루 그리즐리라면 말과 함께 마구간으로 데려가 준다는 것 같아요. 그의 존재는 주목을 너무 모으니까요."

그렇군. 거리로 데려가서 학생들에게 겁주는 일이 벌어지지 않게 되어 다행이다.

웰시 씨의 지시를 따라 우리는 마차에서 내렸다.

"그건 그렇고……."

굉장히 시선이 느껴지네.

아직 성문 근처인데 벌써 학생으로 보이는 어린아이들이 신기해

하며 모여들고 있었다. 모두 한결같이 검은 로브 차림이었다. 다들 검은 옷이라서 하얀 단복을 입은 내가 이색분자 같았다.

"……응?"

"우사토, 왜 그래?"

"아니, 조금……."

인파 속에서 다른 학생들과는 달리 로브가 검댕으로 더러워진 소년이 눈에 들어왔다.

안색도 나빴고, 우중충한 눈동자에서는 주위와의 온도 차가 느껴졌다.

"……음."

내가 보고 있는 것을 알아챘는지 눈이 마주치자 몸을 움찔하고서 어딘가로 허둥지둥 달려가 버렸다.

"……카즈키, 혹시 나 눈초리 사나워?"

그렇게 카즈키에게 물어보니 그는 어리둥절해 하다가 「사납달까, 늠름해졌어」라고 말했다.

늠름함과는 가장 먼 곳에 있다고 생각하던 나지만, 다른 누구도 아닌 카즈키에게 그런 말을 들으니 조금 기뻤다.

"늠름하다라……. 심약하다는 소릴 듣던 내가 그런 말을 듣게 되다니…… 살짝 감동했어."

혼자 감동하여 떨고 있으니 우리 앞에 선 웰시 씨가 큰길 쪽을 가리켰다. 그 끝에는 이 도시에서 가장 눈에 띄는 커다란 건물이 보였다.

"목적지는 여기서 그리 멀지 않아요. 기사 여러분은 여기서 대기해 주세요. 저희는 서신을 전하러 갈게요. 그럼 카즈키 님, 스즈네 님, 우사토 님, 따라와 주세요."

"네. 그럼 아마코, 블루링을 잘 부탁해."

"응, 기다릴게."

아마코가 고개를 끄덕였다. 서신을 건넨 후에는 그녀의 지인을 만나러 가자고 약속했으니 되도록 빨리 돌아와야겠네.

배웅해 주는 기사님들에게 인사한 우리는 웰시 씨를 선두로 큰길을 걷기 시작했다.

"저희 방어구는 튼튼하고 저렴해요! 자신 있게 판매합니다! 살 거라면 여기! 카르그나 무구점으로 오세요!"

"말린 고기의 품질이라면 어디에도 지지 않아! 학생이라고 얕보는 건 금물이야!"

"뭐든 팔아 주세요~ 경우에 따라 물물 교환도 가능합니다~!"

정말로 여러 가게가 있구나.

아이가 꾸려 나가려면 이것저것 힘들겠지만, 나보다 작은 아이가 호객하고 있는 것을 보니 감탄하지 않을 수 없었다.

"자유롭게 쓸 돈이 없는 아이는 수업이 없는 시간을 이용해 일을 한답니다. 가게는 어디까지나 어른이 운영하지만, 그 수족으로 일하는 건 여기 사는 많은 학생들인 거죠."

"호오, 아르바이트 같네."

재밌는걸. 학업과 동시에 일하는 건 우리 세계랑 똑같았다.

웰시 씨를 놓치지 않을 만한 속도로 걸으며 루크비스의 풍경을 둘러보았다.

이렇게 활기 넘치는 거리에 차별 같은 게 정말 있다고는 생각하고 싶지 않았다. 길 가는 사람들……이라고 할까, 또래 아이들이 웃으며 노점을 바라보는 광경을 보고 있으니 이 나라에 사실 그런 건 없지 않을까? 하는 생각이 들었다.

카즈키와 선배는 어떤 인상을 받았을까.

살짝 물어볼까?

“선배는 어떻게 생각해요? 이런 거 흥미진진해 할…… 어?”

이누카미 선배가 없었다.

주위를 살펴봤지만 어디에도 모습이 보이지 않았다.

“카즈키, 웰시 씨…… 선배는?”

“어? 선배…… 어라?”

“스즈네 님이라면 옆에…… 안 계셔?!”

“……그 사람은 잠시도 가만있질 못하는 건가?!”

걷기 시작한 지 10분도 지나지 않았는데 벌써 선배가 사라져서 뺨을 실룩이며 근처를 둘러보았다.

“과연 마도도시야! 팔고 있는 물건도 판타지잖아!”

우리 뒤쪽에서 귀에 익은 목소리가 들렸다. 모습은 보이지 않지만 나는 대충 헤아렸다.

똑같이 어색하게 얼굴을 굳히고 있는 카즈키와 웰시 씨에게 말없이 등을 돌리고, 주목을 모으고 있는 선배 쪽으로 향했다.

이상하리만큼 들뜬 목소리를 내고 있는 그녀는 미소녀였다.

하지만 유감스럽게도 그 모습이 내가 생각하는 선배의 이미지를 상당히 안 좋은 방향으로 바꾸고 있었다.

"실례합니다, 저 사람 저희 일행이에요! 유감스럽지만 일행이에요!"

구경꾼들 사이를 비집고 선배 곁으로 나아갔다. 선배의 의복은 링글 왕국에서 특별히 주문 제작한 장비로 검은 로브 집단 속에 들어가면 주목받게 되는 것은 필연이었다.

앞이 보이지 않을 만큼 모인 인파를 헤치며 땅이 꺼지도록 한숨을 쉬었다.

정말로 이 세계를 너무 즐기잖아요. 원래 세계에 미련이 너무 없어서 정떨어질 정도라고요.

"조금만, 더……."

마침내 선배의 모습이 보이는 곳까지 왔다. 시야 끝에는 눈을 반짝이며 방어구를 열심히 둘러보고 있는 선배가 있었다.

아이처럼 들뜬 그녀를 시야에 담고 살짝 걸음을 빨리했지만 그것이 문제였다. 앞에 끼어든 한 구경꾼과 어깨가 부딪히고 말았다.

"우왓!"

"아, 죄송합니다!"

상대가 엉덩방아를 찧으며 넘어져서 내심 멋쩍어하며 조심스럽게 손을 내밀었지만…… 이쪽을 올려다보는 길쭉한 눈동자를 보고 숨을 삼켰다.

아마코와 닮은 야수 같은 눈동자. 후드처럼 로브를 뒤집어쓰고 있어서 얼굴밖에 보이지 않지만, 이렇게 맑은 날에 머리를 숨기고 있다는 것은 그런 거겠지.

이렇게 바로 만날 줄은 몰랐으나 이런 상황이었다. 지금은 눈치채지 못한 척 넘어가자.

"……괜찮으세요?"

손을 내미니 넘어진 사람은 길쭉한 눈동자를 동그랗게 만들면서도 내 손을 잡았다. 그리고 내 전신을 보고 이해한 얼굴로 천천히 일어났다.

"외부에서 온 사람인가. 이 시기에 별일이네."

"하하하, 드문 일인가요?"

그, 아니, 목소리로 봤을 때 그녀는 로브에 묻은 모래 먼지를 털고서 이쪽을 힐끗 보더니 걱정할 필요 없다는 것처럼 손을 들었다.

"넘어졌을 뿐이라 다치진 않았어."

"다행이다. 사실은 제대로 사과드리고 싶지만 지금은 바빠서……."

지금은 눈앞에서 어린애처럼 떠들고 있는 이누카미 선배를 데리고 웰시 씨와 카즈키 곁으로 돌아가야 했다.

다시 한 번 「실례했습니다」라고 사과하며 선배 쪽으로—.

"잠깐."

"우왓?!"

그 순간 덥석, 하는 효과음이 붙을 만한 기세로 오른팔을 잡혀 힘껏 당겨졌다.

돌아보니 로브를 푹 뒤집어쓴 사람의 눈동자는 한없이 날카로워져 있었다.

그리고 잡아당긴 내 팔에 얼굴을 가까이 대고 냄새를 맡았다. 외설스러운 의미는 없었다. 그런 감상을 품을 수 없을 만큼 노기랄까, 살기 같은 것이 느껴졌다.

"—너, 아는 냄새가 나."

"……글쎄, 무슨 뜻인지……."

체취……는 아니겠지.

가능성이 있는 건—.

"시치미 떼지 마. 왜 너한테서 내 지인의 냄새가 나는 거지?"

"혹시 네가 아마코가 말했던 예전에 잘해 줬던 사람—."

그렇게 말한 순간, 붙잡힌 오른팔이 바이스에 낀 것처럼 조여졌다. 로즈보다 세다고는 할 수 없지만 꽤 굉장한 힘이었다. 적어도 인간의 힘은 아니었다.

"잠깐 따라와."

그 자리에서 끌고 가려는 건지 강하게 잡아당겼지만 이곳을 떠날 수는 없기에 힘을 주어 저항했다.

"읏! 움직이지 않는 건가. 역시 아마코는 이미…… 그리고 이번에는 내 차례라는 건가?"

"잠깐만! 뭔가 굉장히 오해하고 있어. 일단 진정하자."

"진정할 수 있겠냐……!"

이상한 오해를 받고 있었다.

내가 터무니없는 개자식이 된 느낌이었다.

내 팔을 붙잡은 왼손이 그녀가 입은 로브 밖으로 드러나 있었는데, 거기에 건틀릿이 채워져 있는 것이 보였다. 내 주위에 있던 구경꾼도 그것을 눈치챘는지 건틀릿을 보고서 「우왓!」 소리를 내며 떨어졌다.

“노예 상인? 도적? 아니면 항간에서 유명한 링글의 납치자 일당인가?”

죄송합니다, 마지막은 아마 제 동료일 거예요.

매우 인상이 나쁜 사람들이지만 목적이 다른 납치자예요.

“잠깐, 진짜 진정해! 나는 아마코의…… 그래, 친구야!”

“친구라, 인간한테는 참 편리한 단어야……!”

“잠깐 기다—.”

제지하는 말을 끝내기 전에 꽉 죄인 팔에 힘이 들어가더니 주위 공기가 그녀의 주먹 주위로 모여들었다.

눈에 보이지는 않았지만 공기를 휘감는 독특한 소리가 주먹에서 들렸기에 싫어도 알아차리게 되었다. 붙잡힌 오른팔을 뿌리치고 도망치려 했으나 고정된 것처럼 붙들린 팔은 겨우 움직이기만 할 뿐, 내치지는 못했다.

“하앗!”

강철에 덮인 주먹이 내 복부를 노리고 내질러졌다. 그와 동시에 머리를 푹 덮고 있던 로브가 벗겨지며 그녀의 얼굴과 그 머리에 솟은 귀가 드러났다.

뒤로 넘겨진 갈색머리와 둥그스름한 동물 귀.

단정한 얼굴에 노여움을 드러낸 그녀를 보고 약간의 부조리함을 느끼면서도, 나는 날아온 주먹을 놀고 있던 왼손으로 막았다.

충격이 손바닥을 관통했다.

“음, 으음.”

한 달 전의 나라면 까무러쳤겠지만, 그 지옥의 샌드백 훈련을 버틴 지금, 이 정도 타격은 까무러치기엔 위력이 부족했다.

그렇게 생각한 것도 잠시, 주먹이 직격한 후, 건틀릿에서 해방된 것처럼 칼날 같은 것이 튀어나와 주먹을 받아 낸 내 손을 난도질했다.

“아파?!”

손바닥에서 선혈이 튀었다.

약간의 고통에 눈을 찡그리면서도 즉각 치유마법으로 상처를 메웠다. 예리한 칼날에 베인 듯한 감각, 그러나 피부를 얇게 베는 것 정도라면 치유마법으로 고치는 속도가 더 빨랐다.

“뭐지…… 막고…… 고쳤어?! 인간이…… 아니야?!”

“인간이야!”

실례라고, 로즈랑 똑같이 취급하지 마!

주먹을 막은 채 안색 하나 바뀌지 않고 직립해 있는 내가 섬뜩했는지, 그녀는 약간 공포 어린 표정을 짓고서 잡고 있던 오른팔을 놓고 후방으로 물러나 이쪽을 엿보았다.

“……여기선 너무 눈에 띄어.”

자신에게 모인 시선을 눈치챈 그녀는 소태 씹은 표정으로 로브를 다시 푹 뒤집어썼다.

그리고는 돌아보지도 않고서 「네 얼굴, 기억했어」라는 불길한 한 마디를 내뱉고 뒷골목으로 달려가 버렸다.

"쫓을까?"

쫓기로 마음먹으면 곧장 따라잡을 자신이 있었다. 하지만 서신을 건넨다는 중대한 임무가 있기에 여기서 움직이는 것은 그다지 좋지 않았다.

"……나중에 아마코에게 보고해야겠네."

아는 사이라고 했고, 본인이 오해를 풀면 되겠지. 최악의 경우에는 억지로라도 설득하면 되고.

"나는 그렇다 쳐도 아마코한테는 희소식이려나?"

잘 대해 줬던 사람이라고 했을 정도고.

그건 그렇고 쓸데없이 주목을 모아 버렸네.

괴물이라도 보는 듯한 무례한 시선을 느끼며 손에 묻은 피를 털고, 여전히 흥분이 가라앉지 않은 선배 곁으로 걸어가 말을 걸었다.

우와, 이 사람 전혀 눈치 못 챘어.

카즈키와 웰시 씨에게는 보이지 않았겠지만 근처에 있던 이 사람은 알아차려 주길 원했는데.

"이누카미 선배."

"음? 우사토 군인가? 마침 잘 왔어! 이것 좀 봐! 이렇게나 정교하게 만들어졌을 줄은 몰랐어!"

"선배."

"이야~ 나도 검을 쓰고 있지만 역시 활도 쓰고 싶네."

"어이, 이누카미."

"읏?! 아, 알겠어, 갈게! 그, 그러니까 호칭 없이 부르지 마!"

휙 뒤돌아 뺨을 붉히고 그렇게 말한 선배는 들고 있던 방어구를 원래 자리에 돌려놓았고, 다시 이쪽에 등을 돌리고서 빠른 걸음으로 웰시 씨와 카즈키 곁으로 걸어갔다.

호칭 없이 부른 것으로 내 짜증이 전해진 걸까? 사실 그다지 화가 나진 않았지만 말이지.

다행히 조금 전의 소동은 인파에 가려져 보이지 않은 모양이라 웰시 씨와 카즈키도 나랑 수인 소녀의 공방에 관해서는 언급하지 않았다.

지금부터 서신을 건네러 가는데 이곳 주민에게 공격받았다는 것이 알려지면 여러 가지로 위험했기에 딱 좋았다.

"데려왔어요."

"스즈네 님, 중대한 임무를 짊어지고 있다는 자각을 조금은……."

"이야~ 미안. 살짝 억제하질 못했어."

"너무 저희를 애먹이지 말아 주세요. 우사토, 괜찮았어?"

"응. 약간 지쳤지만, 특별히 아무 일도 없었어."

걱정하는 카즈키에게 웃어 보인 나는 다시 모두와 함께 발걸음을 옮겼다.

루크비스에 오자마자 말썽이 생기고 말았다.

조금, 앞날이 불안하네…….

다시 걷기 시작하고 십여 분 후.

우리는 마침내 목적지인 커다란 흰 건물 앞에 도달했다. 보면 볼수록 큰 건물이었다. 링글 왕국처럼 성이라는 느낌은 없고 호화스럽게 꾸민 학교 같았다.

"여기가, 목적지야?"

"네. 이곳이 루크비스의 중심이자 마도도시인 이유— 마도학원 루크비스예요."

마도학원 루크비스.

여기가 최초로 서신을 건넬 곳.

예상을 뛰어넘은 장소라서 그런지 솔직히 돌아가고 싶어졌다.

주변에 드문드문 보이는 학생들의 의아한 시선이 은근히 따가웠다. 「저 녀석들 뭐야?」라든가 「밋밋한 녀석이 있어」라고 말하는 소리도 들렸다. 응, 너무 지당한 말이라 반론할 수 없어…….

"안에 들어갈 수 있는 건가요?"

"예. 아까 위병에게 전언을 부탁해 두었거든요."

"그럼 마중 나와 주겠네요……."

어떤 대응을 받게 될까? 매정하게 나올 가능성도 없다고 단정할 수는 없지만 일단은 이웃 나라에서 온 사자였다. 극진하지는 않더라도 그럭저럭 대응해 준다면—.

"멋진 옷이네요~."

"우오오?!"

갑자기 누군가가 귓가에 입김을 불어 넣듯 속삭였다. 경험한 적

없는 불쾌함에 무심코 그 자리에서 뒤로 홱 물러났다.

이누카미 선배가 또 흉악한 짓을 저지른 건가?! 아니, 방금 그건 다른 목소리였다.

목소리의 주인을 확인해 보니 온화하게 미소 지은 회색 머리 소년이 서 있었다.

"하하하, 놀라게 해서 죄송합니다. 여러분이 링글 왕국에서 오신 사자분들이십니까?"

"예, 예……. 틀림없습니다. 그럼 당신이……?"

"예, 학원장님께 안내를 명받은 하르파라고 합니다."

하르파라고 자신을 소개한 사람이 검은색 로브를 펄럭이며 공손하게 인사했다.

일단 남자라고 생각했지만 중성적인 얼굴이고, 키도 나보다 작고, 게다가 몸을 덮는 로브까지 입은지라 판별이 되지 않아서 정확히는 알 수 없었다.

아니, 그보다도 귓가까지 다가온 것을 전혀 눈치채지 못했다는 게 더 이상했다. 아무리 주변에 사람이 많다고는 하지만 처음 방문한 도시에서 긴장을 늦출 만큼 나는 들떠 있지 않았다.

적어도 평범한 안내역은 아니었다.

"우사토 군, 그가 남자라면 **낭**자애겠지!"

"선배, 지금 저는 냉정함을 잃으려 하고 있어요. 한동안 조용히 있어 주세요."

"전에 없이 신랄해?!"

이 사람은 조금 더 얌전해져야 해.

하르파 씨의 뒤를 따라 학원 안에 발을 들였다.

학원의 중심에는 햇빛이 비치는 광장이 만들어져 있었고, 그곳을 에워싸듯 건물이 늘어서 있었다.

그 광장에서는 로브 차림의 학생들이 책을 읽거나 마법을 연습하며 각자 시간을 보내는 중이었다.

이누카미 선배와 내가 떠올렸던 광경이 그대로 펼쳐져 있었다.

"우오……."

환상적이었고 활기가 넘쳤다.

나도 모르게 눈앞의 광경에 넋을 잃고 말았다.

"그들에게 관심이 있으신 모양이네요."

앞서 걷는 하르파 씨가 우리에게 그렇게 말을 걸어왔다.

그의 말에 선배가 입을 열었다.

"우리에게 그다지 익숙한 광경은 아니니까. 무례했다면 사과하지."

"아뇨아뇨, 무례하다니요. 오히려 대환영입니다. 여러분의 관심을 받는 건 저들에게도 자랑스러울 겁니다."

하르파 씨의 말에 선배는 살짝 눈을 좁혔고, 카즈키와 웰시 씨는 놀라서 눈이 동그래졌다.

나는 그렇게 놀라지는 않았다.

선배랑 카즈키인걸. 타인과는 다른 아우라 같은 게 있는 거겠지.

"학원장에게 우리에 관해 들었나?"

“아니요. 하지만 몸놀림과 마력의 흐름을 보면 보통내기가 아니라는 건 알 수 있습니다. 그리고—.”

휙 뒤돌아본 그는 손가락을 세워 이쪽을 가리켰다.

뒤에 뭔가 있는 걸까? 돌아보았지만 아무도 없었다. 어라, 나? 아니, 내게 주목할 점이라고는 치유마법이라는 돌출형 계통마법이 있다는 것뿐이다.

그 외에는 구명단 단원임을 증명하는 이 단복 정도였다.

“링글 왕국의 구명단, 흰색 단복을 두른 이단의 치유마법사, 그 두 번째 사람.”

“어? 날 알고 있어? 그보다 이단이라니…….”

이단, 이겠지.

상처는 고칠 수 있지만, 그 사용법이 크게 어긋난 나의— 아니, 로즈의 치유마법은 자기 몸을 망가뜨리고 고치고 망가뜨리고 고치는 것을 반복한다는 미친 방식이다. 그 반복을 통해 지금의 내가 만들어진 것이었다.

뭐, 그런 부분이 평범하지 않다는 건 인정하겠어.

하지만 설마 정말로 다른 나라에까지 전해져 있을 줄이야…….

“저도 이 눈으로 볼 때까지 허무맹랑한 이야기라며 믿지 않았습니다. 후후후, 여기 사는 많은 사람들이 그렇게 생각하겠죠. 하지만 당신은 다른 두 분과 비교하여 마력량에 차이는 있지만, 그것을 보완할 만큼 마력에 흠이 없고, 놀라우리만큼 자연스럽게 마력을 온몸에 보내고 있습니다. 웬만해서는 할 수 없는 일입니다.”

“설마 마력을…… 하르파 씨, 당신은『마시(魔視)』가 가능한 건가요?”

자신의 눈을 가리키며 그렇게 말한 그는 웰시 씨의 말에 고개를 끄덕였다.

마시란 게 뭘까 생각하고 있으니 내 의문을 알아차린 웰시 씨가 설명해 주었다.

“마시란 마안(魔眼)의 일종입니다. 생물이나 대기에 흐르는 마력을 눈으로 볼 수 있는, 우사토 님처럼 희소한 계통마법이에요.”

“그걸로 우리에 관해 안 건가…….”

마력의 흐름을 보는 것에 뛰어난 마법.

하지만 나와 같은 타입의 계통마법이라는 건, 반대로 말하면 그것밖에 못 한다는 거 아닌가?

……지금 결론짓는 건 경솔한 짓이겠지. 이 사람은 왠지 겉모습만으로 판단하면 안 될 것 같아.

“그럼 조금 서두를까요? 학원장님께 안내를 지시받은 몸이라 늦을 수는 없기에.”

선배, 카즈키, 나 순으로 바라본 후 미소를 지은 그는 다시 앞장서 걷기 시작했다.

“우사토 군.”

나란히 걷던 선배가 내 어깨를 가볍게 두드렸다.

앞서 걷는 하르파 씨를 주시하면서도 선배 쪽으로 의식을 보냈다.

“저 애, 본성을 숨기고 있어. 마음에 안 들어.”

“동족 혐오라는 건가요……. 납득했어요.”

"……지금은 안 숨기고 있지만 말이지."

어느새 학생의 모습도 보이지 않게 되어 우리의 발소리만이 복도에 울렸다.

링글 왕국의 성만큼 넓은 복도라고 생각하고 있으니 앞장서 걷고 있던 하르파 씨의 발이 멈췄다.

"여기가 학원장실입니다."

그렇게 말한 그는 다시 문으로 몸을 돌리고 손으로 콩콩 두드린 뒤 「학원장님, 모셔 왔습니다」라고 간결하게 전했다. 몇 초 후 「들어오세요~」 하고 다소 맥 빠지는 대답이 돌아오자 하르파 씨는 이쪽을 향해 생긋 웃더니 문을 열었다.

"안으로 들어가시죠."

하르파 씨의 말을 따라 안에 발을 들였다. 우선 눈에 들어온 것은 햇빛이 비추는 방.

나이 많은 모습을 이미지하고 있었지만, 거기 있던 사람은 상상 이상으로 젊은 여성이었다. 의자에 느긋하게 앉은 그 여성은 마치 10년 만에 보는 친구를 맞이하듯 소탈하게 우리를 향해 사근사근한 미소를 보냈다.

"루크비스에 잘 오셨어요. 저는 여러분을 환영합니다."

주시받고 있다.

눈앞에 있는 여성의 시선에 노출되었을 때, 먼저 그렇게 느꼈다.

비쳐 드는 빛을 등지고서 온화한 표정을 짓고 있는 여성은 우리

뒤쪽, 문 앞에 선 하르파 씨에게 시선을 옮기더니 꾀꼬리 같은 자상한 목소리로 그를 치하했다.

“수고했어요. 하르파.”

“예. 그럼 저는 밖에서 대기하겠습니다.”

하르파 씨는 인사한 후 방 밖으로 나갔다.

“처음 뵙겠습니다. 제 이름은 아이라 글래디스. 루크비스를 책임지고 있습니다.”

명랑하게 생긋 웃는 여성, 글래디스 씨.

이 사람이 학원부터 도시까지 전부 통치하고 있는 건가. 젊은데 굉장하네. 겉모습은 로즈보다 살짝 연상으로밖에 안 보이는데.

그녀의 시선을 조금 불편하게 느끼며, 한 걸음 앞으로 나간 웰시 씨에게 눈을 돌렸다.

“갑작스럽게 방문하여 죄송합니다. 그리고 오랜만에 뵙습니다, 글래디스 학원장님.”

“정말로 오랜만이네. 만나서 기뻐, 웰시. 괜찮다면 뒤에 있는 아이들을 소개해 주겠니?”

“물론입니다. 그럼 여러분.”

글래디스 씨의 재촉에 웰시 씨는 한 걸음 옆으로 비켜섰다.

웰시 씨와 글래디스 씨는 아는 사이인가? 뭐, 숙련된 마법사인 그녀가 마법사를 육성하는 곳과 관계없는 쪽이 오히려 이상하려나?

두 사람이 어떻게 아는 사이인지 대충 헤아리면서 우리 세 사람은 각자 자기소개를 했다.

"이누카미 스즈네입니다. 뵙게 되어 영광입니다."

"류센 카즈키입니다."

"우사토 켄입니다."

"……재능 넘치는 아이들이구나."

글래디스 씨는 우리를 보고 감탄하며 고개를 끄덕였다.

"그저 인사만 하러 온 건 아니겠지?"

"물론입니다. 오늘 이곳을 방문한 건 이 대륙에 닥친 위기를 알리고 싶었기 때문입니다."

그렇게 말한 웰시 씨는 품에서 서신을 꺼내 정중히 글래디스 씨에게 건넸다.

그것을 받은 글래디스 씨는 조용히 펼쳐서 훑어보았다.

대충 적혀 있는 것처럼 여겨질 수도 있지만 이곳은 아이들도 다니고 있는 학원이었다. 그래서 서신에는 싸움에 협력해 달라는 것이 아니라 어느 정도 원조를 부탁하는 내용이 적혀 있었다. 불쾌하게 받아들이지는 않을까? 징병이라고 받아들인다면 설명하기 귀찮아진다.

"……."

잠시간의 침묵.

종이 스치는 소리가 유난히 크게 들리는 가운데 이런저런 걱정을 하고 있으니 「후우」 하고 가볍게 한숨을 쉰 글래디스 씨가 손에 든 편지를 천천히 책상에 내려놓았다.

"마왕군, 이라……. 싸움은 승리를 거두었다고 들었는데?"

"반드시 패배했을 싸움이었습니다. 승리한 것은 여기 계신 용사님 두 분과 치유마법사인 그, 그리고 여기에는 없는 또 다른 소녀 덕분이라고 해도 좋을 겁니다."

또 다른 소녀란 아마코를 말하는 건가. 그녀가 없었다면 정말로 위험했으니 말이지.

정말로 그 전쟁은 위험한 다리를 건넌 거구나.

"설마 진짜 용사 두 사람을 보낼 줄이야. 그도 진심이라고 받아들여도 되는 걸까?"

"네. 글자뿐인 서신을 보내 봤자 의미가 없다는 건 뼈아프게 통감했기에."

"참 무리한다니까. 뭐, 그게 그의 좋은 점이라고도 할 수 있지만."

글래디스 씨는 팔짱을 끼고서 고민하는 표정을 짓더니 다시금 카즈키와 이누카미 선배를 보았다.

"용사라는 걸 알고 보니 그 능력도 납득이 가. 다른 세계에서 선정된 자니 말이지. 그리고…… 다른 한 사람은 복장으로 보건대 그녀 부대의…… 아이로구나?"

살짝 의아한 얼굴로 나를 바라본 그녀는 곤혹스러워하는 것 같았다.

그야 그렇겠지. 두 사람은 특별한 능력을 가진 용사. 나는 결함투성이인 치유마법을 다루는 마법사였다.

곤혹스러워할 만도 했다.

"그는 로즈 님과 똑같은 치유마법사이며, 용사님들과 마찬가지로 다른 세계에서 왔습니다. 그것이 그가 여기 있는 이유입니다."

글래디스 씨가 무슨 말을 하고 싶은지 헤아린 웰시 씨가 나에 관해 보충 설명했지만…… 설명을 들은 글래디스 씨는 눈이 동그래져서 나를 보았다.

"엇, 그렇다면 혹시 그가 그 두 번째?"

"예, 겉모습만 봐서는 알 수 없지만, 실력은 그녀가 보증했습니다."

"흠, 흐음. 그녀와 똑같은 하얀 옷이라 그렇지 않을까 싶었지만, 사람은 겉만 봐선 알 수 없구나……."

잠깐만요.

아무래도 로즈를 알고 계신 것 같은데, 저는 그 사람과 성격이 달라요.

다른 사람이 괴로워해도 눈 하나 깜짝 안 할 만큼 인정사정없지도 않고 초 사디스트도 아닙니다.

약간 불합리하게 인식받은 것에 불만스러워하고 있으니 표정을 엄격하게 바꾼 글래디스 씨가 이마를 짚었다.

"잠시 기다려 줄 수 있을까? 그쪽에서 이 정도 각오를 보여 준 이상, 내가 독단으로 정할 순 없으니까. 의논할 시간이 필요해. 혹시 바쁜 여행이려나?"

"아뇨, 저희는 어디까지나 부탁드리는 입장입니다. 정식 결정이 내려질 때까지 저희는 여기에 체재할 생각입니다."

"그래, 그럼 숙소는 이쪽에서 준비해 둘게. 모처럼 온 손님을 함부로 다룰 순 없지."

"호의에 감사드립니다."

놀라우리만큼 매끄럽게 일이 진행되었다.

의논해 주고 숙소까지 준비해 주었다.

내 여행도 이렇게 진행……되진 않으려나. 최종 목적지가 인간에게 친절하지 않은 곳이니까.

"일단은 기다리는 일만 남았네."

"응, 따로 할 일도 없고."

카즈키의 말에 작은 목소리로 대답하며 안도했다. 조금 시간이 걸릴 것 같지만 일단은 순조로웠다. 덤으로 묵을 곳까지 소개받으니 만만세다.

나도 모르는 사이에 긴장하고 있었는지 갑자기 피로가 몰려오는 느낌을 받고 있으니, 글래디스 씨가 손에 든 광택 있는 돌에 뭐라고 중얼거리는 것이 보였다.

그러자 곧장 방 밖에 있던 하르파 씨가 인사와 함께 들어왔다.

"그럼 하르파. 숙소 준비와 안내를 부탁해도 될까?"

"맡겨 주십시오. 그럼 여러분, 저를 따라오시죠."

그렇게 말하고 인사한 그는 우리를 밖으로 이끌었다.

우리도 그와 마찬가지로 글래디스 씨에게 인사를 한 후 밖으로 나가려고 했을 때, 문득 생각난 것처럼 글래디스 씨가 진하게 웃었다.

"아, 맞아. 결정이 내려질 때까지 며칠 걸릴 텐데, 그동안 괜찮다면 학원 수업을 참관해 보는 건 어떨까요? 탁월한 능력을 가진 여러분은 이곳 학생들에게 좋은 자극이 될 것 같군요. 물론 거절해도 상관없어요."

아~ 그런 제안은 어떤 인물의 취향에 직방—.

"그래도 되나요?!"

"스, 스즈네 님!"

아니나 다를까, 선배가 덥석 물었다.

아주 신난 것 같지만, 나와 카즈키는 쓰게 웃었다. 글래디스 씨도 예상 밖의 반응에 놀라고 있었다.

"선배, 진정하세요. 죄송합니다, 여기 오는 도중에도 한바탕 난리였는데……."

나는 이누카미 선배의 팔을 붙잡고 글래디스 씨에게 다가가려던 그녀를 끌어당겼다.

"아, 이, 이거 놔, 우사토 군! 이, 이렇게 강제로…… 넌 그렇게 죽죽 밀어붙이는 쪽을 좋아하는 거야?!"

"예이예이."

아무래도 평소처럼 헛소리를 하고 있는 것 같지만, 글래디스 씨가 깊이 알 필요는 없었다.

이 이상 여기 있으면 선배의 가면이 벗겨질지도 몰랐다. 글래디스 씨에게는 좀 더 예의 바른 인상인 채로 남겨두자.

"그럼 실례하겠습니다."

이누카미 선배의 팔을 잡아끌며 나는 하르파 씨를 따라 방에서 나갔다.

카즈키와 웰시 씨는 뭔가 굉장한 것을 보는 눈으로 나를 보고 있었지만 기분 탓이겠지. 내가 한 일은 본능에 충실한 선배를 데리고 나온 것뿐이니까.

"카즈키 님, 앞으로 스즈네 님은 우사토 님께 맡기기로 하죠."

"그러네요. 저도 그러는 편이 좋다고 생각해요."

거기 두 사람, 나한테 선배를 떠넘기려고 하지 마.

"훗, 명안이군. 물론 나도 찬성이야."

"당신 냅다 던져 버린다."

그리고 선배도 동의하지 마.

***

하르파 씨가 안내해 준 숙소는 학원과 엎어지면 코 닿을 데 있었다.

떠나면서 하르파 씨가 해준 이야기에 따르면, 아무래도 글래디스 씨는 기사님들도 고려해 준 모양이라 인원수대로 확실하게 방을 준비해 주었다고 한다.

아르크 씨 일행도 안심하고 쉴 수 있을 것 같아서 다행이었다. 줄곧 우리를 지켜 줬으니 말이지. 휴식할 때라든가 틈틈이 일단 치유 마법을 베풀기는 했지만, 정신적 피로는 아무래도 면할 수 없었다.

며칠 동안 그들의 몸과 마음이 편히 쉬었으면 좋겠다.

아무튼 체재할 장소가 정해졌으니 다음으로 해야 할 일을 하자.

짐을 옮기는 것도 중요하지만, 우선은 기다리고 있는 아마코의 소원을 이루어 줘야겠지.

선배와 카즈키가 숙소 안으로 들어가는 것을 지켜본 나는 마찬가지로 숙소에 들어가려던 웰시 씨를 불러 세웠다.

"웰시 씨. 제가 아르크 씨 일행에게 이 장소를 알려 주고 올게요. 그리고…… 오늘 저희 대신 이야기를 이끌어 주셔서 감사합니다."

웰시 씨에게 그렇게 말하자 그녀는 어색하게 웃었다.

……어째서 미안하다는 얼굴을 하는 걸까.

"이 정도는 별거 아니에요. 우사토 님은 저보다도 훨씬 큰일을 하시니까요……."

"큰일이라고 해도 제가 스스로 정한 거고, 친절하게 대해 준 링글 왕국에 은혜를 갚는 일이기도 하니까요."

"스즈네 님과 카즈키 님도 비슷한 말씀을 하셨어요……."

여전히 미안한 표정으로 내뱉은 그녀의 말을 듣고서야 웰시 씨가 우리를 소환한 것에 아직 죄책감을 느끼고 있음을 겨우 이해했다.

소환과 관련해서는 우리 안에서 이미 결론이 나 있었다. 나도 카즈키도 이누카미 선배도, 누구도 링글 왕국 사람들을 원망하지 않았다. 소환해야만 하는 사정도 이해했고, 그에 상응하는 대접을 받았다.

"저는 웰시 씨나 이런저런 사람들과 만나서 다행이라고 생각하고 있어요. 그리고 카즈키 같은 좋은 녀석과 이누카미 선배 같은 예쁜 사람과 아주 친해졌죠. 제게는 그것만으로도 충분해요."

"그건…… 스즈네 님 앞에서는 말하면 안 되겠네요."

"그러네요. 그러니까 이건 비밀로 해 주세요."

"후후후, 알겠어요."

어색했던 미소를 풀고서 그렇게 말한 웰시 씨의 목소리에 조금 전과 같은 어두운 느낌은 없었다.

그건 좋지만, 정말로 선배에게 말하지 말았으면 좋겠다. 방금 그 말은 내가 생각해도 너무 느끼했다. 이래서야 흡사 플레이보이다.

"그, 그럼 다녀오겠습니다."

"네, 다녀오세요."

조금 전까지의 당당한 태도와는 딴판으로 한심하게 등을 돌리고서 걷기 시작했다. 미인을 위로하다니, 나답지 않은 일은 하는 게 아니었어. 이렇게 바로 부끄러워지잖아. 얼굴에 살짝 열이 오른 것을 느끼며 왔던 길을 되돌아갔다.

해 질 무렵이기 때문인지 대낮보다 인적이 줄어서 조금 활기가 가라앉은 큰길을 걸었다.

"응?"

로브를 입은 몇몇 인원이 골목으로 들어가는 것이 눈에 띄었다.

그중에는 루크비스에 도착했을 때 봤던 소년도 있었다.

고개를 숙이고 있어 표정은 읽을 수 없지만 예삿일은 아닌 것 같았다.

"……."

신경 쓰여서 그들이 꺾어 들어간 골목을 들여다보니, 골목 안쪽에는 공원처럼 생긴 광장이 있었고 거기서 로브 차림의 학생 집단이 마법을 쏘며 어린아이처럼 까르르까르르 놀고 있었다.

소년은 날아다니는 마법을 무표정하게 보고 있을 뿐, 특별히 이상한 점은 없었다. 마법이 날아다니고 있는 것 말고는 우리 세계에서도 있었던 공원 풍경이었다.

"……기분 탓이었나?"

혹시 집단 따돌림일까 싶어서 긴장하고 있었는데 아무래도 쓸데없는 걱정이었던 모양이다. 낮에 수인에게 공격받은 뒤로 조금 신경이 예민해졌던 걸지도 모른다.

이 이상 여기 있을 필요도 없어 보였기에 큰길로 돌아가 성문 쪽으로 걸음을 옮겼다.

아까 그 소년은 다른 아이와 달리 로브가 검댕투성이였다. 다른 아이들은 아마코와 비슷하거나 조금 연상으로 보였는데, 그들의 로브는 깨끗했다. 그게 뭐 어쨌냐고 물으면 할 말 없지만, 어째서 이렇게나 신경 쓰이는 걸까.

뭔가 마음에 걸렸다.

……섣불리 건드리지 않는 편이 좋으려나. 지금은 귀찮은 일에 말려들고 싶지 않고.

"오……."

그렇게 생각하는 사이에 성문 근처에 도착했다.

마차가 있는 마구간으로 걸어가니 아르크 씨와 아마코의 모습이 보였다. 블루링도 얌전히 있었던 것 같아서 안심하며 마구간을 향해 손을 흔들었다.

"우사토 니임~!"

나를 알아차린 아르크 씨도 손을 흔들어 주었다.

……이 틈에 오늘 일을 어떻게 이야기할지 머릿속에 정리해 둘까. 아르크 씨에게 손을 마주 흔들며 나는 생각을 정리했다.

"학원 앞에 있는 여관인가요? 거기라면 알고 있습니다."

의외로 설명할 것은 없었다.

내 설명을 들은 아르크 씨는 나와 아마코를 향해 생긋 미소 지었다.

"저희는 걱정하지 마십시오. 그 여관은 제가 잘 아는 곳에 있으니 안내해 주실 필요도 없습니다. 그러니 우사토 님은 아마코 님과 함께 지인을 만나러 가 주십시오. 오랜만이라면 한시라도 빨리 만나고 싶을 테니까요."

당신은 배려의 달인입니까.

"아르크 씨, 고맙습니다. 자, 아마코도 아르크 씨한테 인사해야지."

"고마워. 아르크, 씨."

아마코, 나도 「우사토 씨」라고 불러도 돼. 그러고 보니 난 너보다 나이 많지 않아?

작은 목소리로 그렇게 말하려고 했는데 그보다 먼저 아마코가 입을 열었다.

"우사토를 「우사토 씨」라고 부르는 건 뭔가 부끄러워."

"어이, 그거 무슨 뜻이야."

그건 호감도적인 의미? 아니면 나를 「우사토 씨」라고 부르는 게 싫다는 뜻? 그 부분을 확실히 해 줬으면 좋겠는데.

“후후, 그럼 이곳에 두 명 정도 사람을 둘 테니 만약 무슨 일이 생기면 그들에게 전언을 부탁해 주십시오. 블루링도 저희에게 맡기시고요.”

“이것저것 고맙습니다. 그럼 아르크 씨 말을 감사히 받아들여서 갈까, 아마코.”

“응, 그럼 이쪽.”

역시 아르크 씨는 믿음직스러웠다. 능력 있는 남자란 이런 사람을 말하는 거구나.

아마코에게 이끌려 거리 안으로 들어갔다. 아마코는 기분이 좋은지, 하얀 외투에 가려진 꼬리가 흔들리고 있음을 알 수 있었다.

“아…….”

그러고 보니 아마코에게 해야 할 말이 있었다.

낮에 나를 공격했던 수인이라든가…….

“아~ 아마코, 그 지인한테 가기 전에 얘기하고 싶은 게 있는데…….”

“그들이 사는 곳은 가까우니까 금방 도착할 거야. 우사토를 빨리 소개하고 싶어.”

“아니, 그게…….”

어지간히 기쁜지 멈추려고 해도 멈출 수 없었다.

만약 지금 만나러 가는 이가 낮에 내게 덤벼들었던 사람이라면 만난 순간 공격받을지도 모른다.

어쩌면 좋을지 고민하는 동안 어느새 넓은 길에서 좁은 골목으로 들어와 있었다.

갑자기 길이 어두워졌음을 깨닫고 움츠리고 있으니 아마코의 발이 멈췄다.

“여기.”

눈앞에는 어렴풋한 빛이 창밖으로 새어 나오는 낡은 가옥이 있었다.

구조는 튼튼해 보여서 무너질 것 같진 않지만, 어두운 분위기도 어우러져 꺼림칙한 느낌이 들었다. 정말로 여기에 사람이 살고 있는 걸까.

“우리한테는 이런 곳이 더 살기 좋아.”

“아~ 그렇구나.”

확실히 이런 어둑하고 꺼림칙한 곳에 오려는 사람은 아무도 없겠지. 그것을 내다본 입지와 외양인가.

하지만 지금 내게 인적이 없는 것은 여러모로 위험했다.

낮에는 확연하게 진짜 실력을 발휘하지 않았던 그 수인이 전력으로 내게 달려들 가능성이 있기 때문이다.

“……아마코, 나는 여기 있을 테니 오붓하게 재회를 즐기고 와. 난 네가 기뻐하는 모습을 보는 것만으로도 좋으니까.”

“무슨 소릴 하는 거야? 우사토도 만날 거야. ……변명하지 말아 줘. ……우사토가 같이 있어도 상관없어. ……방해되지 않아. ……우사토, 이상해. 뭔가 숨기고 있어?”

“놀라우리만큼 자연스럽게 대화를 막는구나. 내가 하고 싶은 말이 전부 전해졌어.”

이심전심이 아니라 예지전심이네.

앞으로 나눌 대화를 아마코가 먼저 읽어 버렸다. 수고스럽게 말하지 않아도 돼서 편한 능력이었다. 평소라면 말이다.

아~ 내가 말할 대사를 예지해서 변명을 봉쇄하니, 나는 평생 이 소녀에게 말싸움으로는 이길 수 없겠구나.

나도 예지마법을 쓸 수 있다면 로즈에게— 무리지, 몸이 반응하지 않을 거야.

“하아, 알겠어. 얘기할게…….”

나는 낮에 있었던 일을 아마코에게 말했다.

귀 모양이나 헤어스타일 등을 전하자 아마코는 내게 소개해 주고 싶었던 사람이 그 사람이라고 말하며 머리를 싸맸다.

그리고 내가 그 사람의 주먹을 막은 것을 듣고 「얘 뭐야」라는 시선을 보냈다.

“사정은 알았어. 우사토는 내 뒤에 있어. 오해는 내가 풀 테니까.”

“나보다 어린 소녀에게 수고를 끼치다니…….”

한숨과 함께 내 앞에 선 아마코는 낡은 가옥의 문을 두드렸다.

하지만 반응이 없다— 고 생각한 순간, 문 앞에 있던 아마코가 갑자기 몸을 움찔하더니 아무 언질도 없이 힘껏 옆으로 뛰었다.

엥? 왜 뛰는—.

“여길 알아낸 거냐, 이 괴물아—!”

"아~ 그런 거구나……."

아마코가 문 옆으로 홱 물러난 그 순간, 걷어차인 문이 부서지며 빗자루를 든 누군가가 나를 노리고 공격해 왔다.

들어본 적 있는 그 목소리와 내리쳐지는 청소 도구를 통해 이것저것 헤아린 나는 넌더리를 내면서도 치유마법을 몸에 둘렀다.

노여움을 띤 길쭉한 눈을 보건대 이야기를 들어 줄 상태가 아님은 일목요연했다.

아마코는 이것을 예지하고 옆으로 뛴 건가.

응, 이건 위험해. 하지만 뭐라고 한마디쯤 해 줘도 됐잖아.

"하아……."

나는 옆으로 뛰어 빗자루를 피하면서 거리를 벌렸다.

눈앞의 소녀는 흥분한 상태인지 후욱, 후욱 하고 이쪽을 위협하며 빗자루 끝을 내게 겨눴다.

"네가 어떤 괴물인지는 몰라. 하지만! 여기 있는 동료에게는 손끝 하나 못 댈 거다!"

"오케이, 잠깐 기다려. 우선 정정할 부분이 있어. 난 인간이야. 잘 봐, 다른 사람과 전혀 다르지 않잖아?"

이상한 이야기지만 우선은 내가 인간이 아니라는 오해부터 풀어야겠지…….

그러나 소녀는 속지 않겠다는 듯 날카롭게 노려보았다.

"자기 재생 능력을 가진 인간형 오거라니, 괴물이 아니면 뭔데?! 그러면서 인간이라고?! 바보 취급하지 마! 나도 인간인지 괴물인지

구별은 할 수 있어!"

자기 재생 능력을 가진 인간형 오거? 그 너무나 불명예스러운 생물 이름은 뭐야. 나는 어디 연구소에서 탈출한 몬스터냐?

살짝 울컥하면서도 마음을 가라앉히고 최대한 웃으면서 소녀를 타이르려고 했다.

"……해도 되는 말과 해선 안 되는 말이 있어. 괴물이라든가 오거라든가, 그런 건 사람한테 절대로 말하면 안 된다고. 사람을 그런 식으로 부르다니, 그럼 안 되지……."

너도 로즈나 구명단의 험상궂은 얼굴들한테 그렇게 말하지 않느냐고? 응? 그 사람들은 괴물이니까 틀린 말 아니잖아?

자신에게 관대한 이중 잣대를 내세우며 우호적으로 오해를 풀려고 했지만 상대의 반응을 보건대 그것도 무리인 듯했다.

아마코, 어서 오해를 풀어 줘— 왜 내 얼굴을 보며 무서워하고 있어? 눈앞에 있는 수인 소녀도 왜 무서운 걸 본 것처럼 뒷걸음질 치는 거야?

"마, 마침내 본색을 드러냈구나!"

나는 더할 나위 없이 침착한데 어떻게 된 걸까…….

그건가? 웃음이 부족했나? 이상하네. 내가 지을 수 있는 최대한의 스마일로 대응하고 있을 텐데 오히려 경계 받다니…….

"어쩔까……."

이래서야 아마코의 도움은 받을 수 없다. 하지만 흥분 상태인 수인 소녀는 제대로 이야기를 들어 주지 않을 것이다. 오히려 불난 집에 부채질하는 형태가 되리라.

"어쩔 수 없지. 얘기를 듣도록 만들 수밖에 없나."

휘감고 있던 치유마법을 몸에 얇게 두르면서 치유의 마력을 주먹에 집중했다.

비기— 치유 펀치. 상처가 남지 않는 상냥한 펀치로 얌전히 만들어서 이야기를 듣게 하자.

"……읏?!"

어떻게 된 것인지 상대가 더욱 뒤로 물러났다.

이대로 교착 상태를 이어갈 수는 없으니, 들고 있는 빗자루를 재빨리 부숴서 공격 수단을 빼앗자.

우선은 그것부터다.

"간다……."

단숨에 거리를 좁히기 위해 힘껏 발을 내딛고서 앞으로 튀어나갔다.

눈앞의 소녀와 거리를 좁히고, 마력이 담긴 주먹을 들어서—.

"우사토, 그만해!"

"……!"

치유 펀치를 날리려던 나와 소녀 사이에 아마코가 끼어들었다.

갑작스러운 난입에 깜짝 놀라면서도 그 목소리를 따라 제동을 걸었다. 눈앞에서 멈춘 나를 올려본 아마코는 내 쪽으로 양쪽 주먹을 들고 제지했다.

"안 돼, 진정해. 이성을 잃지 마."

"저기, 난 침착한데?"

뭐야, 마치 맹수를 진정시키는 듯한 그 손은?

"……그럼 그 주먹은 뭐야?"

"일단 얌전히 만들까 싶어서."

"아무리 치료된다고 해도 그건 아니야. 마음에 상처가 생겨."

아마코에게는 내가 어떻게 보이는 걸까.

아무리 그래도 트라우마가 될 만한 일은 불가능하고, 하지 않을 생각이지만.

"……자각이 없다는 건 정말로 무서워."

"응?"

"아무것도 아니야. 뒷일은 내게 맡겨 줘."

뭐, 아무튼 뒷일은 그녀에게 맡기자.

아마코가 끼어든 덕분에 수인 소녀도 마침내 진정된 것 같고.

"그, 그 목소리…… 아, 아마코야……?"

그녀는 외투 속에 숨은 아마코의 목소리를 듣고 멍한 표정을 짓더니 들고 있던 빗자루를 땅에 떨어뜨렸다.

"오랜만이야, 키리하."

이름을 불린 아마코는 천천히 외투에 달린 후드를 벗었다.

여우를 연상시키는 뾰족한 귀와 금발을 드러낸 그녀는 반갑게 친구의 이름을 불렀다.

그런 다음 나를 힐끗 보고, 키리하라고 부른 소녀를 안심시키기 위해 말을 던졌다.

"이 사람은 적이 아니야……. 그리고 일단 인간이야."

어이, 일단이라니 그게 무슨 말이야?!

"미안! 착각했어!"

키리하라고 불린 소녀의 오해를 마침내 풀게 됐지만, 그 후가 문제였다.

오해 때문이라고는 하지만 아마코네 엄마를 살릴 수 있을지도 모르는 나를 공격했던 그녀는 자신을 심하게 질책했다.

이쪽이 질겁할 정도로.

그리하여 지금 그녀는 나를 향해 머리 숙이고서 석고대죄를 올리고 있지만, 나로서는 더할 나위 없이 있기 불편했다.

그리고 석고대죄라는 행위가 이세계에도 존재한다는 것에 좀 놀랐다.

"괜찮아, 우사토는 신경 쓰지 않아. 조금 무서운 부분도 있지만 다정한 사람이니까. 조금 무서운 부분도 있지만."

"저기, 왜 두 번 말한 거야?"

아마코는 내 태클을 무시했다.

"하지만 여러 가지로 심한 짓을 했고……."

"무섭다는 말은 사족이지만, 아마코 말대로 이제 신경 안 써. 너한테도 분명하게 사정이 있었고. 그리고 보다시피 난 멀쩡해."

나는 넙죽 엎드린 키리하 앞에 웅크려 앉아 낮에 난도질당했던 손을 그녀에게 보였다.

치유마법으로 상처는 흔적도 없이 사라졌기에 손은 깨끗했다. 그녀는 상체를 일으켜 내 손을 잡고 빤히 바라보더니 감탄의 목소리를 흘렸다.

"치유마법이라는 걸 알고 보니까 납득이 가지만, 진정한 사용자는 이렇게나 대단하구나. 흔적도 없어."

"나 말고도 알아?"

"제대로 안 쓰는 녀석은 알아."

제대로 안 쓰는 녀석, 인가…….

가능하다면 이야기를 자세히 듣고 싶었지만, 내 손을 놓은 키리하가 일어났으니 그건 다음으로 미루자.

내가 여기 온 이유는 사죄를 요구하기 위해서가 아니었다. 아마코가 친구를 만나도록 도와주기 위해서다. 그러니 내가 공격받았다는 사소한 화제는 빨리 끝내자.

"나도 수인이 인간을 어떻게 인식하고 있는지는 이해하고 있어. 그러니 네가 인간인 나를 『널 잡으러 온 누군가』로 오해해서 공격하는 것도 무리는 아니라고 생각해. 그리고 나도 오해할 만한 태도를 보였고. 피차일반이야."

나도 너무 경솔하게 행동했다.

그 주먹을 굳이 막을 필요는 없었고, 좀 더 말로 호소해야 했었다. 아마 훈련으로 성장한 자신의 힘을 시험해 보고 싶다는 욕망이 드러났던 것이리라.

아직도 미숙했다. 로즈 말대로 한 사람 몫을 하기에는 아직 멀었다.

내 말을 듣고 키리하는 멍하니 입을 벌렸다.

"하, 하하, 이상한 인간이네. 무슨 요구를 할지 벌벌 떨고 있었는데. 과연 아마코가 데려온 녀석이야. 정말로…… 이상한 인간이야."

"내 안목은 틀림없어."

"확실히, 아마코의 안목은 틀림없네……. 하하."

아마코의 말에 작게 웃은 키리하는 옷과 꼬리에 묻은 모래 먼지를 털기 시작했다.

집에 있었기 때문인지 낮에 걸쳤던 로브가 아니라 수수한 색깔의 옷을 입고 있었다. 머리에 솟은 귀와 꼬리도 드러나 있었다.

꼬리는 전체적으로 하얗고 끝부분이 약간 갈색이었다. 여우도 개도 아니네. 무슨 수인일까? 바람 칼날이 카마이타치[#1] 같았으니까 족제비려나? 단정할 수는 없지만.

이누카미 선배에게는 소개할 수 없는 아이다. 폭주할지도 모른다.

"우사토, 그런 시선은 실례야."

"응? 아아, 미안. 무례했지?"

"정말로 이상한 인간이야. 내 모습을 본 인간은 대부분 불쾌하다는 표정을 짓는데."

나는 이 세계 사람이 아니니까.

그리고 내가 있던 세계에서는 동물 귀라든가 그런 귀여운 것을 좋아하는 사람이 잔뜩 있었고, 싫어하는 사람이 아마 더 적지 않을까?

#1 카마이타치 갑자기 피부가 찢어져 날카로운 낫에 베인 것 같은 상처가 나는 현상. 공기 중에 생긴 진공 때문에 일어난다. 옛날에는 족제비의 짓이라고 믿어 이러한 이름이 붙여짐.

그런 시시한 생각을 하고 있으니 내 옆으로 걸어온 키리하가 손을 내밀고 있음을 알아차렸다. 시선을 마주하자 그녀는 쑥스러워하며 볼을 긁적였다.

이거 악수……지? 원 핸드셰이크 데스매치 같은 건 아니지……?

내밀어진 손을 잡자 그녀는 살짝 눈을 크게 떴지만 그대로 손을 맞잡아 주었다.

"……응, 자기소개를 안 했네. 난 키리하, 학원에서는 상급생이야."

"나는 우사토. 링글 왕국의 구명단에 소속된 치유마법사야. 뭐, 이게 화해의 악수라고 치자."

"하하, 그러네."

이걸로 마침내 아마코도 키리하와 느긋하게 이야기할 수 있을 것 같다.

"아, 이런. 한창 저녁 식사 준비 중이었는데. 이제 곧 남동생도 돌아올 테고…… 괜찮으면 먹고 가지 않을래? 사과의 뜻도 겸해서."

키리하가 우리에게 같이 저녁 먹지 않겠냐고 제안했다.

"저녁인가……."

글래디스 씨가 준비해 준 여관에서도 제공될지도 모른단 말이지.

금방 돌아온다는 동생도 내가 있으면 어색할 테고, 아마코도 친구랑 같이 있으면 내가 없는 편이 좋을지도 모른다.

"저기…… 나는— 응?"

저녁 제안을 거절하려고 했을 때, 아마코가 단복 소매를 잡아당겼다.

그녀를 바라보니 간청하듯 나를 올려다보고 있었다.

"우사토도, 같이 먹자."

…….

"어쩔 수 없네……."

아마코에게는 물러진단 말이야.

힘들게 지낸 경험을 들었기 때문일까, 그녀를 쓸쓸하게 만들고 싶지 않다는 마음이 있는 걸지도 모른다.

나와 아마코의 모습을 본 키리하도 이미 내 몫까지 준비할 생각이 가득한 것 같고, 이제 와서 안 먹는다는 선택지는 없으려나…….

"우린 신경 쓰지 않아도 돼. 호사스럽지는 않겠지만 열심히 실력 발휘해서 차릴 테니까."

부서진 문을 들어 올리면서 그렇게 말한 키리하의 재촉에 아마코와 나는 그녀가 사는 건물 안으로 발을 들였다.

집 인테리어는 내가 있던 구명단 숙소와 비슷했다. 그렇게 넓지는 않지만, 열 명쯤 앉을 수 있는 테이블과 위로 올라가는 계단이 보였다.

"괜찮은 곳이네."

"빈정거리는 거야? 아니면 솔직한 생각이야?"

"나도 링글 왕국에서는 비슷한 곳에 사니까. 순수하게 좋은 곳이라고 생각해. 굉장히 안심돼."

페름은 잘 지내고 있으려나. 밥은 제대로 먹고 있으려나.

아마 땡땡이치다가 로즈에게 두들겨 맞고 있겠지만, 일단은 내

후배에 해당하는 아이였다. 적어도 마음속으로는 무사하기를 기도해 두자.

"왜 그래? 멍하니……."

"응? ……아아, 미안."

뒤에서 문을 기대어 세워 놓는 키리하를 힐끗 보고 테이블과 의자가 있는 곳으로 걸어갔다.

안쪽에서 김이 모락모락 나오고 있었다. 저쪽이 부엌이려나.

"아하하하, 역시 문을 부순 건 과했으려나……."

"키리하는 항상 생각이 짧아. 하마터면 나도 맞을 뻔했어. 아니, 살짝 맞았어."

"미안하다니까. 그럼 난 식사 준비할 테니 자유롭게 앉아. 금방 다 돼."

아마코의 뚱한 눈빛을 견딜 수 없었는지 키리하가 도망치듯 부엌으로 들어갔다. 나는 그 모습에 쓰게 웃으면서 근처 의자에 앉아 한숨 돌렸다.

그러자 옆 의자에 아마코가 앉았다. 전에 이 집에 살았을 때도 같은 자리에 앉았는지 그리운 듯 목조 테이블을 매만졌다.

"다행이네, 아마코."

"……날 데려와 줘서 고마워, 우사토."

"너희 엄마를 아직 살리지 못했으니까 감사하기에는 일러."

"응. 그래도 고마워."

곤란한걸. 그렇게 기특한 표정으로 말하면 어떻게 반응해야 할지 모르겠단 말이야.

그녀는 왕국의 멸망과 절친의 죽음을 내게 알려서 간접적으로 많은 사람을 구했다.

네 덕분에 나도 이 세계에서의 돌아갈 장소를 잃지 않을 수 있었다.

친구와 동료를 잃지 않을 수 있었다.

고마워해야 할 사람은 나였다.

"너는 나의 두 친구와 많은 사람들을 구했어. 그러니까 나는 네게 보답할 거야. 가능한 한 말이야."

"가능한 한이라니……. 우사토는 꼬였어."

"그러니까 난 꼬인 게 아니라 평범하다고."

테이블에 팔꿈치를 올려 턱을 괴면서 대답하자 아마코는 마차 안에서 카즈키와 이누카미 선배가 그랬던 것처럼 그건 아니라고 말했다. 심지어 그녀답지 않은 미소를 지으며 말이다.

어라? 이 대화를 나누고 있을 때 넌 자고 있었지 않아?

"마침내 웃게 됐나 싶었는데 이런 내용이라니. 정말로 꼬일 것 같아."

"이 이상 꼬이면 큰일인데."

아주 신나게 말하는구나.

처음 만났을 때의 우중충한 인상과는 딴판으로 씩씩해져서 기뻐.

……그럼 어떻게 한 방 먹여 줄까.

대화를 예지하는 아마코에게 정석적인 대화는 의미가 없다. 할 거라면 두 수 앞선 대화를 전개해야 했다.

시험 삼아 해 볼까 싶어서 아마코에게 말을 걸려고 하는데 정작 그녀는 내 뒤쪽, 부서진 문이 세워진 입구를 보고 있었다.

그쪽으로 시선을 돌리자 누군가가 문 앞에 서 있었다.

"아~ 배고파. 으잉? 왜 문이 부서져 있는 거야? 읏?! 넌 누구야!"

서 있던 이는 수인으로 보이는 소년이었다. 나보다 약간 키가 컸고, 키리하와 똑같은 특징을 가지고 있었다.

소년은 나를 인식하더니 다리를 크게 벌리고서 적의를 보냈다. 다리에는 키리하가 팔에 차고 있던 건틀릿과 비슷한 문양이 새겨진 그리브가 장착되어 있었다.

또 공격받는 것은 지긋지긋하니 귀찮아지기 전에 항복해 둘까.

"잠깐, 난 아마코를 따라 여기 온 거야. 결코 수상한 사람이 아니야."

온 힘을 다해 적의가 없음을 나타냈다.

피할 수 있다면 다치고 싶지 않았다.

통증에는 익숙하지만, 통증이 없어지는 것도, 경감되는 것도 아니라고.

"뭐? 아마코? 거짓말할 거면 좀 더 그럴듯한 거짓말……을……."

소년은 내 말에 아랑곳없이 공격하려다가 내 뒤에 있는 아마코를 보았고, 갈색빛 도는 귀를 쫑긋 세우고서 경악한 표정을 지으며 그녀를 가리켰다.

"아마코! 너 살아 있었어?!"

소년의 눈이 더욱 커졌다. 한편 아마코는 그저 가볍게 손을 들어 대답했다.

"응, 오랜만. 쿄우, 여기 있는 사람은 적이 아니야."

"적이 아니라니…… 척 보기에도 수상하잖아!"

"……확실히 수상하지만 ……그를 나쁘게 말하지 말아 줘."

방금 그 말은 두둔해 준 걸까…….

그나저나 치유마법의 약점을 발견했어.

치유마법은 마음의 상처엔 작용하지 않는구나. 매도당하는 건 익숙하지만, 이렇게 은근한 종류에는 타격을 입었다.

그리고…… 수상한가? 이 단복, 마음에 드는데 말이지…….

"큭……."

아마코가 뚱한 눈으로 노려보자 주눅이 든 쿄우라고 불린 소년은 침울해 있는 나를 불쾌하다는 표정으로 노려보았다.

키리하처럼 바로 믿어 줄 것이라고는 생각하지 않았으나 이건 생각보다 뿌리가 깊었다.

뭐, 난 딱히 그의 환심을 사려고 온 건 아니니 상관없지만, 중요한 건 이 나라에 체재하는 동안 아마코를 맡아 줄지 말지다.

우리가 쓰는 여관보다 동료가 있는 곳이 아마코도 안심할 수 있을 테고, 여전히 나를 노려보고 있는 쿄우도 아마코의 안전을 염려하고 있었던 것 같다. 그녀를 맡기는 일로 걱정할 필요는 없겠지.

"그, 그럼 이 녀석이 아마코가 찾던 치유마법사란 거야? 이런 허약한 녀석으로 괜찮은 거야?!"

쿄우는 뭐가 마음에 안 드는지 나를 손가락질하며 이상한 트집을 잡았다.

특별히 반론할 말도 아니라서 침묵을 지키고 있으니 아마코가 뚱한 표정을 짓고 뭔가 말하려고 했다. 그때—.

"그거야말로 걱정할 필요 없어, 쿄우. 그 녀석은 우리가 아는 치유마법사랑 달라."

"누나?!"

대화에 끼어들며 방에 나타난 키리하가 양손에 요리를 든 채 딱 잘라 단언했다.

"이 아이는 내 쌍둥이 동생인 쿄우야. 이야~ 이렇게 빨리 돌아올 줄은 몰랐는데, 일이 살짝 귀찮아졌네."

그 후, 우리는 키리하가 만들어 준 요리를 둘러싸고 식사를 시작했다.

그러면서 키리하가 옆에 앉은 소년, 쿄우를 소개해 주었지만 쿄우는 내가 마음에 안 드는지 빵을 입으로 옮기면서도 나를 노려보았다.

이상하네. 분명하게 자기소개도 했고, 키리하가 오해도 풀어 줬는데 어째서 여전히 적의를 가지고 있는 걸까.

"쿄우, 아마코가 걱정되는 건 이해하지만 그렇게 노려보면 안 되지."

"누나는 수상쩍다고 생각 안 해……?"

"그야 생각했지. 하지만 아마코도 신뢰하고 있고, 게다가 우리가 만났던 인간과는 전혀 달라. 수인이라는 걸 알아도 손을 내밀고,

꼬리와 귀를 봐도 기분 나빠하지 않아. 무엇보다 보상을 바라지 않아……. 어때? 이상하지?"

나 같은 존재가 드문지 키리하는 기뻐하며 그렇게 말했다. 쿄우는 「이딴 녀석이……」라고 말하고 싶은 듯한 표정을 짓고 있었다.

그보다 이 아이는 아까부터 왜 이렇게 시비를 거는 거야? 혹시 아마코를 좋아하나?

……아닐 거라고는 할 수 없네.

살짝 건방져지기는 했지만 아마코는 예쁘다고 단언할 수 있는 외모고.

빵을 먹는 아마코를 곁눈질로 보고 가볍게 한숨을 쉰 후 숟가락으로 수프를 떠 입에 넣었다.

"응? 이 수프 맛있다."

감자수프처럼 부드러우면서 적당히 짭짤했다.

맛있게 수프를 먹으며 키리하에게 그리 말하니 그녀의 눈이 또 동그래졌다.

"……하하하, 인간한테 칭찬받은 건 처음이야. 응, 이것도 이상한 부분이야."

맛있다고 칭찬했을 뿐인데 놀라고, 게다가 또 이상하다는 말을 들었다.

뭐야, 뭐야. 난 뭘 해도 이상하다는 말을 들어야 하는 건가. 수인의 테이블 매너는 잘 모르겠어.

의문스럽게 여기면서도 다시 수프를 먹으려고 하자 앞에 앉아 있

던 쿄우가 갑자기 일어났다.

"이 치유마법사가 내가 아는 인간과 다르다는 건 잘 알았어. 지금은 인정해 주지. 하지만 누나랑 아마코에게 이상한 짓 하기만 해 봐!"

최대한의 적의를 보내며 쿄우가 그렇게 말했다.

여기서 어떤 일을 당했는지는 모르지만 분명 인간을 적시할 만한 이유가 있겠지.

그럼 나는 여기 너무 오래 있어선 안 되겠네.

얼른 볼일을 끝내고 돌아가자.

"솔직히 네가 나를 신용하든 말든 상관없어."

"뭐?"

"내가 아마코랑 같이 여길 방문한 건, 잠시 동안 이 아이가 너희 집에서 묵을 수 있을지 상담하기 위해서니까."

"어? 그랬어?"

아마코, 너는 알고 있을 줄 알았는데?

정작 본인이 어리둥절한 얼굴인 것은 무시하면서, 의심스럽다는 눈으로 나를 보는 쿄우와 시선을 맞추었다. 그는 나와 눈이 마주치자 어색하게 시선을 피했다. 그대로 입을 다물어 버린 그에게서 이번에는 키리하에게로 시선을 옮겼다.

"키리하. 우리가 루크비스에 체재하는 동안 아마코를 부탁할 수 있을까? 우리랑 같이 있는 것보다 너희 집에 있는 편이 아마코한테도 여러 가지로 편할 테니까."

"대환영이지! 방은 비어 있고, 생활비도 한두 사람 늘어난다고 달라지지 않아."

"그래, 다행이다."

인간들 속에 있는 것보다, 잠시 동안이라고는 해도 동족과 함께 지내는 편이 당연히 훨씬 좋다.

그리고 이 나라의 중요한 손님으로 여겨질 우리는 좋든 싫든 주목받게 된다. 그러다가 아마코의 모습을 목격당하면 위험할 것이다.

우리가 주목을 모으는 것은 딱히 상관없지만, 괘씸한 족속이 아마코를 잡으려고 획책할지도 모른다.

"그럼 2인분을 더 준비해야겠네."

키리하에게 맡겨 두면 괜찮겠지.

아마코도 확실하게 지켜 줄 테고, 그들이 있다면 나는 필요 없—

응? 잠깐만.

"2인분?"

2인이라니, 아마코 말고 누구 몫을 또 추가하는 거야?

곤혹스러운 눈으로 키리하를 보자 그녀는 「어? 아니야?」 하는 듯한 표정을 지었다.

"너도 묵는 거 아니야?"

"……뭐?"

정말로 뜻밖인 말에 얼빠진 목소리가 나왔다.

어떻게 해석해서 나도 묵는 것이 됐는지 이해할 수 없었다.

"누나! 아무리 그래도 그건 무리야! 이 녀석을 재워 주다니…… 위, 위험하잖아!"

내 말을 대변하며 다시 벌떡 일어난 쿄우가 키리하에게 말했다.

쿄우, 제대로 얘기하지 못하는 나 대신 확실하게 말해 줘!

"그치만 아마코도 우사토가 같이 있는 편이 좋을 테고……. 괜찮아, 걱정할 필요 없어. 그가 우리를 어떻게 할 생각이었다면 진즉에 했을 테니까. 아마코도 그렇게 생각하지?"

"아, 아마코……."

"……."

쿄우의 반대를 받아넘긴 키리하가 아마코 쪽을 보더니 그렇게 질문했다. 떨리는 목소리로 쿄우가 그녀의 이름을 불렀지만, 아마코는 머뭇거리며 나를 몇 번 보았다.

"……우사토가, 좋다면."

거짓말이지?

설마했던 말에 들고 있던 숟가락을 무심코 떨어뜨리고 말았다. 내가 있으면 키리하 남매가 편히 지낼 수 없을지도 모르는데 그래도 괜찮은 걸까…….

"우사토, 아마코는 이렇게 말하고 있는데 어떻게 할래?"

옆을 보니 키리하가 장난꾸러기 아이처럼 웃고 있었다.

쿄우는 나와 눈을 마주치지 않았고, 아마코는 말없이 요리를 입으로 가져가고 있었다.

이 궁지에 몰린 듯한 느낌은 뭘까.

무엇보다 말하는 방식이 치사했다. 내가 좋다면이라니…….

"나중에, 기사님한테 말을 전해 달라고 해야겠네……."

나는 의외로 상대가 밀어붙이는 것에 약할지도…….

뭐, 아마코도 기뻐 보이고, 딱히 상관없나?

기뻐하며 귀를 쫑긋거리는 그녀의 모습이 눈에 들어오니 이 이상 저항하는 것도 미안하여 키리하네 집에서 묵기로 결정했다.

***

루크비스 가장자리에 있는 건물.

그곳이 우리 집이다. 처음 루크비스에 왔을 때, 먼저 여기 와 있던 수인 선배가 안내해 준 곳이었다.

처음에는 수많은 인간들 중에 우리를 받아들여 주는 사람이 있을 거라고 생각했다.

루크비스는 대륙 전체에서 몇만 명에 달하는 사람이 모이는 대도시였다. 그중에 극히 소수더라도, 수인에게 관대한 사람이 있어도 이상하지 않다. 그런 작은 희망을 품고서 나는 태어난 고향을 뛰쳐나와 마법을 배우기 위해 루크비스를 찾아왔다.

일족 사람들에게 재능이 있다는 말을 들었던 마법도 배우고 싶었고, 마을 아이가 아닌『누군가』와 친구도 되고 싶었으니까.

하지만 그런 희망을 품었던 내가 바보였음을, 루크비스에 오고서 바로 깨닫게 되었다.

루크비스는 표면상으로는 아인 박해가 금지되어 있다. 그 방침 때문에 공공연한 박해는 일어나지 않지만— 아무 짓도 당하지 않으나 가시방석에 앉아 있는 듯한 고독감이 엄습했다.

불신.

멸시.

공포.

다른 사람과 우호 관계를 맺을 수 없는 환경.

고독을 강요하는 중압감.

여기서 수인인 내가 마법사로서 가치를 드러낼 수 있는 것은 교우 관계로도 아니고, 권력으로도 아니고, 딱 하나— 마법의 강함뿐이었다.

……아아, 루크비스는 마법과 기술을 갈고닦기에는 최고의 환경이야. 맞아, 이해됐어. 사람은 사람과 화합할 수 있지만, 그들에게 수인은 『사람』조차 아니었다.

수많은 기이한 시선에 노출된 나는 어쩐지 몹시 슬퍼졌다.

루크비스에 오는 다른 동족들은 아무와도 엮이지 않고 혼자 있으려고 했다.

인간과 엮이지 않는다.

친해지지 않는다.

누구도 믿지 않는다.

그들은 혼자 있지 못하는 나처럼 마음이 약하지 않았다.

누구와도 엮이지 않고 그저 마법을 배울 뿐. 경계심이 강한 짐승처럼 인간에게는 기대하지 않았다. 그것이 그들이었다.

그런 그들을 보고 나는 생각했다.

아니, 생각하고 말았다는 표현이 옳으려나?

아아, 저렇게 해야, 저랬어야 했구나— 라고.

언제부터였을까.

밖에 나갈 때는 주목을 모으는 귀를 숨기게 되었고, 마법 기술만을 열심히 갈고닦게 되었다.

『약하면 여기 있을 의미가 없어.』

『인간과 친해지기 위해 여기 다니고 있는 게 아니야.』

남동생과 둘뿐인 쓸쓸한 집 안에서 그렇게 자신을 타일렀다.

그런 일을 줄곧 되풀이하고 있을 무렵, 한 수인 소녀가 루크비스에 찾아왔다.

우리처럼 외딴 마을이 아니라 인간을 향한 증오가 특히 심한 수인의 나라에서 찾아온, 미래를 읽는 신기한 소녀 아마코.

그녀는 엄마를 구하기 위해 치유마법사를 찾으러 머나먼 수인의 나라에서 왔다고 했다.

치유마법은 인간만이 사용할 수 있는 특이한 마법이었다. 인간에게 협력받다니 무리라고 생각했다. 실제로 여기 있는 치유마법사에게는 거부당한 것 같았다.

『키리하, 나는 포기하지 않아.』

하지만 그 아이는 포기하려 하지 않았다. 엄마를 살리고 싶다며, 설령 위험하더라도 발을 멈추려 하지 않았다.

여기까지 오는 것도 큰일이었을 텐데, 위험한 일이 가득했을 텐데……. 쿄우는 마지막까지 말렸지만 나는 말릴 수 없었다.

나는 아마코처럼 노력하고 있을까.

인간을 믿을 수 있을까.

주위 시선을 신경 쓰지 않고 수인과 친하게 지내는 인간이 존재할까.

그 답은 지금도 모르겠다.

훨씬 전에 답은 내렸다고 생각했는데, 그 답이 옳다고는 생각할 수 없었다.

분명 나는 지금도 생각하고 있는 거겠지.

언젠가— 나 같은 수인과 친하게 지내 주는 인간이 나타날 거라고—.

"아침, 인가……."

아침을 알리는 종소리에 깨어났다.

그리운 꿈을 꾸었던 것 같다. 그것이 무슨 꿈이었는지 거의 잊어버렸지만, 왠지 절반은 싫은 꿈이었던 것 같다.

딱딱한 침대에서 일어나 털끝이 뻣뻣하게 선 꼬리를 쓰다듬었다.

어느 정도 털을 고른 다음, 아침 식사를 준비하기 위해 재빨리 옷을 갈아입고 방을 나섰다.

나가면 바로 거실이 있지만…… 오늘은 평소와 달랐다.

"……응?"

밖에서 목소리가 들렸다.

이렇게 이른 시간에 누가 떠들고 있는 걸까. 다른 집 녀석이라면 조금 주의를 주도록 할까. 그렇게 생각하고 부서진 문을 살짝 비켜서 밖을 엿보니 이상한 광경이 눈에 날아들었다.

"아마코가 너무 가벼워서 전혀 훈련이 안 돼!"

"……그건 내 탓이 아니야, 우사토."

"그렇다면! 무겁게 느껴질 때까지 할 수밖에 없겠네!"

눈에 날아든 것은 팔 굽혀 펴기를 하고 있는 우사토의 모습이었다.

그의 등에는 아마코가 올라타 있었고, 아침 훈련을 하고 있는 것 같아 보였지만 그 내용은 명백하게 그 상황과 벗어나 있었다.

그는 한쪽 팔만을 이용하여 범상치 않은 속도로 팔 굽혀 펴기를 하고 있었다.

감속하지도 않고, 지친 모습도 보이지 않고, 아마코와 너스레를 떨면서 아무렇지도 않게 그것을 소화하는 그를 보고 나는 솔직히 질겁했다.

"……."

저 인간은 어째서 이렇게 이른 아침부터 팔 굽혀 펴기를 하고 있는 걸까.

아마코도 태연한 얼굴로 등에 올라타 있고.

살짝 충격적인 광경이었기에 눈치채지 못하도록 살며시 문을 닫은 나는 그 자리에서 가볍게 심호흡한 뒤에 아침 식사를 준비하러 부엌으로 갔다.

아침 식사는 언제나 간단히 끝내지만, 오늘은 우사토와 아마코가 있으니 제대로 만들 생각이다.

부엌에 있는 식재료를 집어 드니 문득 어젯밤 식사 시간에 우사토가 내게 했던 말이 떠올랐다.

"……맛있다, 인가."

그는 내 요리가 맛있다고 했다.

그런 칭찬에 수줍어할 만큼 숙맥은 아니지만 깜짝 놀란 것은 분명했다.

그때 쿄우에게 우사토는 신용할 수 있다고 말했으나 사실은 나 자신이 우사토를 아직 완전히 믿고 있지는 않았다.

그래서 무슨 일이 있어도 괜찮도록 우사토 맞은편에 앉았고, 그에게 내가…… 수인이 만든 요리도 먹여 보았다. 평범한 인간은 수인이 만든 요리를 먹으려고 하지 않고, 하물며 맛있다고 말하지 않으니까.

"정말로 나는 말뿐이구나."

치유마법으로 나았다고는 하지만 손을 난도질하고 심한 말을 했던 나를 용서해 준 우사토를 여전히 신용하지 못하는 자신이 무척 비루했다.

"아, 맞아, 아침."

쿄우도 슬슬 깨워야 했다.

느긋하게 만들고 있다가는 수업에 지각하고 만다. 오늘은 제대로 만들기로 했으니 서둘러야지.

무사히 식사를 차린 나는 우사토와 아마코, 조금 전 일어난 쿄우와 함께 식탁에 둘러앉았다.

우사토는 땀을 흘린 모양이라 조금 늦게 왔지만, 이렇게 떠들썩한 아침 식사는 정말 오랜만이었다.

“어이, 너! 누나한테 이상한 짓 하면 용서 안 할 거니까!”

식사를 마친 쿄우는 학원에 갈 준비를 하면서, 물을 마시고 있는 우사토에게 못을 박았다.

너무 과보호하는 동생의 모습에 쓰게 웃으면서도 나는 난처하게 볼을 긁는 우사토를 도와주기로 했다.

“쿄우, 슬슬 갈 시간 아니야? 오늘 수업 선생님은 시간에 엄격한 사람이라 지각하면 위험할걸?”

“엇?! 벌써 시간이 그렇게 됐나? 그, 그럼 갔다 올게!”

“잘 다녀와.”

내 말에 얼굴이 새파래진 쿄우는 짐을 어깨에 메더니 밖으로 달려 나갔다.

그가 거리로 사라지는 것을 지켜본 우사토는 뭔가 의문이 들었는지 고개를 갸우뚱하며 이쪽을 돌아보았다.

“키리하, 쿄우랑 너는 쌍둥이 남매 아니야? 동갑이라면 수업도 똑같지 않아?”

“아…….”

타당한 질문이었다.

“나랑 쿄우는 기본적으로 똑같은 수업을 받고 있지만 일부 다른 수업도 들어. 루크비스는 몇 가지 정해진 과목을 이수하면 다른 건 자유롭게 고를 수 있어서 나랑 쿄우는 각자 관심 있는 수업을 골랐거든."

"그렇구나. 대학 같네."

대학이 뭔지는 모르겠지만 아마 우사토의 생각은 맞을 것이다.

"내가 듣는 수업의 선생님은 별로 시간에 엄격하지 않아서 조금 늦어도 괜찮지만, 쿄우가 듣는 수업의 선생님은 좀 깐깐한지라 지각하면 여러 가지로 귀찮아."

"그럼 키리하도 곧 학원에 가는 건가……."

"그러네……. 우사토랑 아마코는 어쩔래? 여기서 기다릴래?"

"아니, 우리는 성문 근처에 있는 마구간에 가려고. 여기까지 같이 온 사람들이 있으니까 만나고 올게. 아마코도 괜찮지?"

"응."

아마코도 신용하는 사람들인 모양이고, 나도 걱정할 필요 없으려나.

하지만 두 사람도 계속 거리를 돌아다니지는 않을 테니 빨리 돌아오자.

"그럼 오늘 저녁에는 뭘 만들까……."

오늘 저녁 메뉴를 생각하며 설거지하고 있으니, 벽에 걸어 뒀던 코트 느낌의 흰옷으로 갈아입은 우사토가 말을 걸어왔다.

"맞다. 갈아입을 옷 마련해 줘서 고마워. 일단 식사 전에 빨아서 밖에 널어 놨는데…… 괜찮지?"

"신경 쓰지 않아도 되는데. 그저 쿄우 옷을 빌려줬을 뿐인걸. 감사받을 만한 일은 아니야."

그렇게 말하며 곁눈질로 밖을 보자 빌려줬던 옷이 예쁘게 널려 있었다.

의외로 착실하네. 어제 봤던 무서운 형상의 소년과는 굉장한 갭이다.

그 형상은 정말로 무서웠다. 확실히 인간형 오거라는 말은 심했다고 생각하지만 그런 얼굴을 할 필요는 없잖아. 인간의 얼굴을 보고 압도된 건 처음이었어.

"……얼굴이 창백해, 괜찮아?"

"어, 어어. 괘, 괜찮아……. 응, 괜찮아."

어느새 얼굴에 드러났는지 아마코가 걱정했다.

우사토에 관해서는 어제 그녀에게 잔뜩 들었잖아. 그는 나쁜 사람이 아니라고, 아마코가 2년간 있었던 링글 왕국도 내가 상상할 수 없을 만큼 좋은 곳이라고…….

여전히 떨리는 손을 냉수에 담가 마음을 진정시켰다.

마침내 평정심을 되찾았을 때, 거실에 있던 우사토가 부엌 입구에 얼굴을 내밀었다.

"우리는 슬슬 나가볼게."

"그럼 다녀올게, 키리하."

우사토도, 그의 뒤에 있는 아마코도 흰 후드를 뒤집어쓰고서 내게 그렇게 말했다.

내 눈에 두 사람은 아무런 위화감도 없는 친구 사이로 보였다.

그런 일은 아무리 원해도 이루어질 수 없다고 줄곧 생각했는데, 막상 눈으로 보니…… 형용할 수 없는 마음이 북받쳤다.

"……하하하, 다녀와."

스스로 생각하기에도 패기 없는 목소리로 그렇게 말한 나는 분명 잔뜩 불안한 표정을 짓고 있었을 것이다.

내 모습을 보고 우사토는 살짝 고개를 갸우뚱했을 뿐이지만, 아마코는 확실하게 이상하다는 얼굴을 했다.

저 아이는 예지와는 상관없이 예리하고 총명했다.

"슬슬 나도 준비할까……."

보고 싶었던 친구와 만났다.

그런데 이상하게도 내 마음은 밝아지지 않았다.

***

"선배의 전언이요?"

키리하네 집에서 기사님들이 있는 마구간으로 돌아오자 기사님이 이누카미 선배의 말을 전해 주었다.

어젯밤 선배 일행에게 내 사정을 전해 달라고 부탁했었는데, 돌아오면서 이누카미 선배에게도 전언을 부탁받은 것 같았다.

"예, 용사님이 계신 곳으로 와 달라고 하셨습니다."

"그렇다는 건 여관 말이군요."

"그렇습니다."

원래부터 갈 생각이긴 했지만 선배의 반응이 은근히 무서웠다.

그 사람, 어린애 같은 부분이 있으니 말이지. 괜한 일로 삐치지 않았으면 좋겠는데.

"급한 일이려나. 선배라면 내가 아침에 여기 올 건 예상했겠지만, 빨리 가는 편이 좋을까."

혼자서 멋대로 숙소를 바꿨으니 그 부분도 설명해야 했다.

"아마코, 오늘도 블루링을 부탁할 수 있을까?"

"응, 괜찮아. 이 애랑 있는 건 싫지 않으니까……."

웅크려 앉은 그녀는 기분 좋게 과일을 먹는 블루링의 코를 쓰다듬으며 그렇게 말했다.

여기라면 아마코도 심심하지 않으려나……. 신뢰할 수 있는 기사님도 있고, 무슨 일이 벌어지더라도 그들이 대처할 수 있다.

"그럼 다녀오겠습니다. 아마코를 잘 부탁드려요."

"예! 조심하십시오!"

아마코와 기사님들에게 인사하고 잔달음질로 달리기 시작했다.

목적지는 선배 일행이 있는 학원 앞 여관. 뛰어가면 몇 분 만에 도착하는 곳이었다. 거리는 어제 대충 파악했고, 인파에 휩쓸리지 않는다면 원활하게 나아갈 수 있겠지.

"거리인가. 양상은 다르지만 링글 왕국이 연상되네……."

잔달음질이라고는 하지만 거리를 달리고 있으니 링글 왕국에 있었을 때처럼 추를 달고서 뛰고 싶다는 생각이 들었다.

추는 가지고 오지 않았기에 평범한 달리기밖에 못 하지만 블루링을 데리고 다닐 수만 있다면…… 아니지, 달리기 이전에 여기 있는 사람들이 깜짝 놀랄 테니 안 되겠네.

"글래디스 씨한테 부탁해 볼까……."

책으로 알게 된 지식일 뿐이지만, 이 세계에는 인간이 사역하는 마물인 『사역마』라는 존재가 있다는 모양이라 어쩌면 허가받을 수 있을지도 모른다.

일반적인 사역마가 블루링과 나의 관계에 해당하는지는 알 수 없으나 물어볼 가치는 있었다.

블루링은 무게도 딱 적당하고, 같이 달릴 수 있다면 달리고 싶으니 말이지……. 응?

"여긴……."

멍하니 달리다 정신을 차리고 보니 어제 학생들로 보이는 집단이 들어갔던 골목 앞에 와 있었다. 그대로 지나가려고 했지만 골목 안쪽에 사람이 몇 명 모여 있는 것이 신경 쓰여서 발을 멈췄다.

"무슨 일 있었나?"

어떻게 봐도 구경꾼 같은데 뭔가 있는 건가?

호기심에 사로잡힌 나는 잠깐 보고 갈까 싶어서 눈앞에 있는 골목으로 들어가 사람들에게 다가갔다.

그러자 구경꾼이 이야기하는 목소리가 들렸다.

"또 그 녀석들인가. 진짜 너무하네."

"그냥 내버려 두면 되는데 말이야."

"하지만 우리도 말려들 수는 없으니까……."

뭔가 불온한 대화가 들려왔다.

불길한 예감이 든 나는 구경꾼 사이를 비집고 들어갔다.

마침내 가장 앞으로 나오니—.

“읏?!”

검댕으로 더러워진 로브를 입은 소년이 너저분한 상태로 쓰러져 있었다.

낯익은 소년이었다.

그는 어제 이 골목에 들어갔던 학생들 중 한 명이었다.

순간적으로 달려간 나는 그를 안아 일으켜 치유마법으로 치료를 시도하려고 했다.

“누군지는 모르지만 그 녀석은 괜찮아. 회복마법도 필요도 없어.”

조금 떨어진 곳에서 보고 있던 구경꾼 중 한 명이 걱정하지 않아도 된다는 듯 말했다.

살짝 무책임한 말투에 울컥하여 나는 그 구경꾼에게 얼굴을 돌렸다.

“어떻게 봐도 다쳤잖아! 어디가 괜찮다는 거야?!”

“그 녀석은 치유마법사야. 봐, 지저분하긴 하지만 다친 데는 없잖아?”

“뭐?!”

나는 구경꾼의 말을 듣고 다시 소년을 보았다.

겉보기에는 두들겨 맞은 것 같았다. 시험 삼아 뺨을 닦아 보니 상처는 없었다.

"이 아이가……."

정말로 치유마법사인가?

이때 내 머릿속에 아마코의 말이 스쳤다.

『그는 나를 도울 수 없고, 나도 그를 도울 수 없어.』

마침내 그녀가 했던 말이 이해되는 것 같았다.

품속에서 잠든 소년을 심각한 얼굴로 본 나는 이 루크비스라는 배움터의 어둠에 발을 들이고 말았음을 확신했다.

치유마법의 잘못된 사용법
~전장을 달리는 회복 요원~

Character Design

▲사복 ▲여행복

아르크

웰시

글래디스
▲학원 엠블럼
하르파

키리하
쿄우

치유마법의 잘못된 사용법 2
~전장을 달리는 회복 요원~

1판 1쇄 발행 2018년 1월 20일
1판 3쇄 발행 2019년 12월 12일

지은이_ KUROKATA
일러스트_ KeG
옮긴이_ 송재희

발행인_ 신현호
편집장_ 김은주
편집진행_ 최은진 · 김기준 · 김승신 · 원현선 · 권세라
편집디자인_ 양우연
국제업무_ 정아라 · 전은지
관리 · 영업_ 김민원 · 조은걸 · 조인희

펴낸곳_ (주)디앤씨미디어
등록_ 2002년 4월 25일 제20-260호
주소_ 서울시 구로구 디지털로 26길 111 JnK디지털타워 503호
전화_ 02-333-2513(대표)
팩시밀리_ 02-333-2514
이메일_ lnovelpiya@naver.com
L노벨 공식 카페_ http://cafe.naver.com/lnovel11

CHIYUMAHO NO MACHIGATTA TSUKAIKATA ~SENJO WO KAKERU KAIHUKUYOIN ~Vol.2

ISBN 979-11-278-4366-3 04830
ISBN 979-11-278-4277-2 (세트)

값 9,800원